「リリアナ・フローエ。

お前を私の弟子一号にしてやろう」

弟子？

わたしが？

……え、えええええええええ――!?

魔法薬師が二番弟子を愛でる理由
Reason why a magical pharmacist loves the second disciple
専属お食事係に任命されました

「うわー、サクサクでふわふわでトロトロー！」
リリアナ・フローエ
『魔憑き』であることを隠しながら生きる庶民。家事と料理が得意。ジルヴェスターのことは、変わったお貴族様だなと思っている
「二号、な、何故、お前だけ食べているのだ」
ジルヴェスター・ブライル
公爵家の嫡男《ちゃくなん》で、ノワール王国の魔法薬研究の第一人者。美味しいものに目がない

「可愛い女の子と一緒に食事をするって素敵ね」
「先生の弟子は僕一人で良い！」
クリスティアン・ハイネン
ジルヴェスターを敬愛する一番弟子。
リリアナがジルヴェスターを
狙っていると勘ぐり、
対抗意識を燃やしている
フェリクス・アルトマン
研究所にいるオネエ様。
ジルヴェスターとは
古くからの友人

「ならば私のもので、間違いないではないか。……嫌なのか？」

「嫌ではありませんけど……」

心臓がうるさくて、上手く思考できない。

ブライル様のものと宣言されて、
それでも何も思わないなんてことはない。

そしてどうして良いのかがわからなくなっている。

魔法薬師が二番弟子を愛でる理由

Reason why a magical pharmacist loves the second disciple

専属お食事係に任命されました

Author：Natsume Ousaka
逢坂なつめ
Illust：Nami Hidaka
ひだかなみ

口絵・本文イラスト
ひだかなみ

装丁
百足屋ユウコ＋モンマ蚕（ムシカゴグラフィクス）

CONTENTS

Reason why a magical pharmacist loves the second disciple

プロローグ

大陸一二を争う大国、ノワール王国。その王都ベルムにある王城は、さすがと言わざるを得ない大きさだった。

噂では、巨大な王城とは別に、王族が住まわれる王宮や、迷子になる程に広い庭園、ボート遊びができる大きさの池や、狩りができる程の森まで、この城壁の向こうには存在するらしい。しかし高く堅牢《けんろう》な城壁と登城する人集《ひとだか》りによって、肝心の建物一つ見えない。

そして私はその城門の前に立っている。今にも死にそうな顔で。

血の気がひいた顔色に気付いた周りの人たちが、心配そうに声をかけてくる。大丈夫ではないけれど、今だけはそっとしておいてほしい。

「次の者、前へ」

「は、はい！」

列に並んでから三十分程経ち、ようやく自分の順番がやって来た。屈強そうな衛兵からお呼びがかかる。待たせてはなるまいと、慌てて歩き出したが、すぐに躓《つまず》いてしまった。足元も覚束ないなんて、相当緊張しているらしい。

言われるがまま門の中に入れば受付があり、さっきの衛兵とは違う、身なりの良い、しかし気難しそうな係官がいた。きっと来訪者を管理する役職に就いているお貴族様なのだろう。

「名前と用件を言え」

「リリアナ・フローエと申します。本日はジルヴェスター・ブライル様からのお呼び出しがあり、参りました」

「……ジルヴェスター卿《きょう》が？」

途端にジロリと睨《にら》まれる。そして不躾《ぶしつけ》な視線で、全身を隈《くま》なく凝視される。何故に。

初めてお城に行くということもあり、一番よそ行きの服を着てきた。金色にほんのり薄紅色がかった髪だって、いつもより念入りに梳《と》かしているからキラキラだ。一見して怪しい人物には見えまい。元々怪しい人物ではないけれど。

なのに。

「お前のような平民が、ジルヴェスター卿に何用だ」

「あちらに呼ばれましたので、どんな用件かまでは……」

「あの御方が、平民なんぞを呼びつけるわけないだろう」

「そ、そう言われましても……」

わたしだって帰れるなら帰りたい。でもそうはいかない理由があるのだ。

「あ、手紙！　ブライル様からの手紙がありますっ」

震える手を抑えながら鞄《かばん》から封筒を出せば、係官は引っ手繰《たく》って中身を確認し始める。何度も何度も読み返し、そして驚いたように目を見開いた。

「……本物だ。印章も間違いない」

ざまぁみろ、とまでは思わないにしろ、係官の態度に幾分胸がすく思いをした。

しかし疑うのも彼の仕事なのだから仕方ない。万が一不審者を侵入させてしまったら、それこそ大事件になってしまう。

恭《うやうや》しく入城の許可証を受け取り、案内係に付いていく。

お城の中ってどんな感じだろう。やっぱり色々と豪華なのだろうか。緊張しているはずなのに、生まれて初めての登城に、落ち着かない視線が勝手にあちこちへ飛んでしまう。

城壁というのはただの塀ではなくて、それ自体が建物になっているのか。その城壁を抜けた正面には、見事に整備された庭園が。そしてその奥に見える、圧倒される大きさの建造物が王城だろう。象牙《ぞうげ》色に近い白の石壁に映えるコバルトの屋根。けして華美ではないが、その気品ある美しさが、王族の尊さや気高さを表現しているように思えた。ただ今からその崇高なところに足を踏み入れるのだと思うと、緊張と畏《おそ》れで、心臓がわけのわからない音を立てそうだ。

しかしわたしの予想は掠《かす》りもせず、目の前の案内係は、城とは逆の方向に歩いて行く。

「あのー、お城は反対の道ですよ？」

恐る恐る尋ねた。が、

「こちらで合っています」

と、一言だけ返ってきた。これからわたしが連れて行かれるのは、あの巨大な王城ではないらしい。城の中が見られないとわかると、興味は一瞬で消え失せてしまった。

しかも一体どこまで行くのかと、少々不安になるくらいどんどん奥に進む。木々に阻まれ、王城さえ、とっくに見えなくなっている。かなりの距離を歩かされて、ようやく一軒の建物が見えてきた。

城と同じ材質でできた、石造りの中々に大きい屋敷だ。屋敷の奥には、鬱蒼《うっそう》とした森が見える。本当に城内の隅っこなのだろう。

呼び鈴を鳴らした案内係に続いて中に入ると、手前の部屋から一人の女性が現れた。薄い紺色のドレスを着て、亜麻色の長い髪を後ろで一纏《まと》めにしている、すごくすごく美人なお姉さんだ。

「ジルヴェスター卿に客人をお連れしました」

「まあ、ご苦労様」

嫋《しな》やかに微笑む姿も、うっとりするくらい美しい。それなのに、その人物から発せられた声は、よもや女性とは思えないほどに低い。ううん、むしろ男性そのものである。ほっそりとした白い首は、襟元が詰まったドレスで見えにくくはなっているが、男性の特徴でもある喉仏《のどぼとけ》がチラホラと見え隠れしている。

ああ、と瞬時に理解した。この人は、とても美しい『オネェさん』なのだ、と。残念なのかオイシイのか、複雑なところだ。

案内係の人は、わたしをオネェさんに引き渡して戻っていった。命令されたこと以外無駄なことはしないという、職務に忠実な素晴らしい御方でした。しかし初対面の方と突然二人きりにされても、どうしていいのかわからず緊張してしまう。かといって、案内係の人だって、まったく知らな

い人なのだけれど。

そんなわたしの困惑を感じ取ってくれたのか、オネェさんは優しい微笑みを向けてくれた。

「じゃあ、こちらに来てくれるかしら、かわいいお嬢さん。ジルヴェスターは、今出掛けていて。でもすぐ帰ってくる筈《はず》だから」

「は、はい」

いくら社交辞令とわかっていても、かわいいなんて言われ慣れていないから無性に照れる。しかもこんな綺麗《きれい》な人に言われると尚更だ。

ただ、オネェさんに連れて行かれた部屋に一歩入ると、その異様さに心底驚いた。中央にはソファーとテーブルが配置され、一応応接室の形式はとってある。しかしその周りには、荷物が所狭しと置かれていたり、大量の書物が乱雑に積まれていたりと、明らかに人を招き入れる様子ではない。

「ごめんなさいね。ちょっと散らかってて。これでも少しは片付けたんだけど」

ちょっと？

これがちょっと？

しかも片付けた？

この状態で？

今以上に散らかった応接室の様子を想像して、ぞっとしてしまう。

外れとはいえ、ここは本当に城内の一角なのだろうか。もっとこう、豪奢《ごうしゃ》な調度品が綺麗に並べられているのを期待したのだけれど。あれはお伽話《とぎばなし》の中だけなのか。

しかしオネェさんが用意してくれたティーセットは、さすが王城と思わせる代物だった。白磁に小花がいくつも描かれた可愛らしく華やかなそれは、オネェさんが持つと、そこだけ貴族令嬢のお茶会のような優雅さだ。

なるべく荷物の少ない方のソファーに腰掛け、おっかなびっくりカップに触れる。

この一客で、はたしていくらするのだろう。わたしの一カ月の給金でも贖えないかもしれない。

使っている茶葉も高価なのだろう。いつも飲んでいるお茶とは、香りが全然違う。

これは味もさぞかし美味しいだろう、と一口飲めば、

「ぐ……っ！」

なんだ、これは……！

あまりの不味さに、我を忘れて悶絶《もんぜつ》してしまう。苦い。苦過ぎる。

「こ、これは一体……」

「やだ、口に合わなかったかしら？」

「いえ、口に合う合わないの問題ではなく……。すみません、拝見します」

失礼してポットの中を覗《のぞ》けば、そこにはあり得ない量の茶葉が、蓋《ふた》を持ち上げんばかりに詰め込まれていた。……おお、神よ。

「ごめんなさい。お茶を淹れるのって初めてで……」

お茶が水代わりと言っても過言ではないこの国で、まさかそんな人が存在するのか。するのだ。今まさに目の前にいる。

まあ、お貴族様ならそれも有り得るのだろう。

この城で働く多くの人が、貴族階級にある。政《まつりごと》を担う文官や、騎士団を始めとする武官。その他にも、王族の身の回りの世話をする侍従や女官、城全体の管理を行うのも貴族だ。

もちろん平民もいるにはいるが、大層能力が高い場合を除き、その殆《ほとん》どが平兵士や使用人レベルだと聞いたことがある。

その中でこのオネェさんは貴族なのだと思う。お茶を淹れたことがないという事実、そして彼女（？）の身なりと発言がその根拠だ。

彼女の着ているドレスは、派手な意匠ではないけれど、生地や仕立ては見るからにとても上等だ。それを普段着として使える経済的余裕は、おそらく貴族に他ならない。

それとブライル様を「ジルヴェスター」と呼んでいた事実。敬称がないということは、ブライル様と同じ、もしくはそれ以上の家柄なのかもしれない。

ならばわたしはお貴族様にお茶を淹れさせたのか。それも上級の。

はわわわわ、と慌てふためくわたしを余所《よそ》に、オネェさんは「何がいけなかったのかしら」と、可愛らしく首を傾げている。答えは茶葉の量です。

「あ、あの……」

「何かしら？」

「わたしがお茶を淹れても？」

「まあ！　お客さまにそんなことさせられないわ」

「良いのです、良いのです！」

わたしこそ、お貴族様に「そんなこと」をさせてしまいましたので。

用意された新しいティーセットで、いつものように手際よく淹れる。それをオネェさんは、興味津々で見つめてくる。ああ、緊張するので、そんなじっくりと見ないでください。

「茶葉はそんな少しで良いのね」

「ええ、基本は匙《さじ》一杯で一人分と決まっています。今回は二人なので、二杯ですね」

「決まりはそれだけかしら？」

「大事なのは、いかに高い温度を保つかです。まずポットとカップを予《あらかじ》め温めておきます。そして茶葉を入れたポットに、ボコボコと沸騰したばかりのお湯を勢い良く注ぎます。そして熱が逃げないように、すぐさまティーコージーを被せて、三、四分蒸らせば完成です」

出来上がった物を、オネェさんに差し出す。

「美味しい！　さっきのとはまったくの別物だわ」

「ありがとうございます」

良かった。お貴族様の口にも合ったようだ。さすが高級茶葉。

オネェさんから合格点を貰《もら》ったので、わたしも安心して飲める。

と、そこに。

「なんだ、もう来ていたのか」

一人の男性が現れ、わたしの肩は跳ね上がる。そして慌てて立ち上がった。

ジルヴェスター・ブライル様。

わたしをここに呼び出した張本人である。

菫色《すみれいろ》が妖《あや》しく光る切れ長の目。すっと筋の通った鼻。薄い唇。それらが完璧《かんぺき》な配置で並んでいる。後ろで結った漆黒の髪も、その美しさを際立たせていた。

完全な美丈夫だが、その恐ろしく整った顔面と醸し出す雰囲気から察するに、年齢は二十代後半だろうと思われる。確かめたことはないけれど。

「お久しぶりでございます、ブライル様」

「ああ。よく来た、娘」

よく来たと言われても、こうも氷のように冷ややかな無表情だと、歓迎されている気は皆無だ。

さて、一平民のわたしが、なぜ彼のような貴族と知り合いなのかというと、至極簡単な理由である。わたしが勤める料理店「星屑亭《ほしくずてい》」に、彼が客として食事にやって来たのが始まりだった。

店の主人であるエッポのおじさんから、やんごとない名家のお貴族様だと聞かされて、なぜ庶民の店にと、その時は驚いたものである。

星屑亭の料理は、とても美味しいと巷《ちまた》では評判だ。しかしそれなりに上質な食材を使っている為、どうしても料金は割高になってしまう。どんなに値段を勉強しても、裕福ではない庶民が利用するには些《いささ》か高い。だから客層は、自然と中流階級や富裕層に固まってくるのだ。ただ、使う食器やテーブル、給仕のサービスなどは、そこらの食堂と大差ないので、店の雰囲気は庶民そのものである。

そういうところにこだわる客は足が遠退き、純粋に料理を楽しみたい人だけが来店するようになっ

た。評判を聞きつけた貴族が来たのも一度や二度ではない。ただ、エッボのおじさんから「やんごとない～」と伝えられたのは、ブライル様が初めてだったのだ。

しかし彼は偉ぶるわけでもなく、従者を引き連れて来るでもなく、一人で普通に食事をして、普通にお金を払って、文句の一つも言わず帰っていった。想像していた上級貴族の態度とはえらく違ったので、拍子抜けしたのを覚えている。

とまあ、そんな感じでブライル様は時々星屑亭へおいでになられた。

そして給仕の際、少しだけ言葉を交わす。「お味はいかがですか」とか、「お茶のお代わりはいかがですか」などという、本当にたわいもない会話だ。

だからわたしたちは、ただの店員と客、それだけだった筈だ。

あの日までは。

特に何か変わった様子もなく、いつも通りの何気ない日だった。昼の混雑した時間帯も終わり、店内には数組のお客さんしか残っていなかった。

その中で、母親に連れられて来ていた一人の子供が、自分の足にスープを溢《こぼ》したのだ。いつもなら子供用にと、少し冷ましてから提供するのだが、その時だけはどこかで手違いがあったらしい。熱々のスープを引っ掛けてしまった子供の足は、軽く火傷を負ってしまったのだ。

それにいち早く気付いたわたしは、手近にあった桶《おけ》を引《ひ》っ掴《つか》み、自ら生成した冷水で子供の足を冷やした。それが幸いしたのかどうかはわからないが、火傷は酷くはならなかった。

その時に薬を分けてくださったのが、他ならぬブライル様だったのだ。

子供とその母親が帰った後、客も大方引けたこともあって、再度お礼をと、彼の席に伺った時だった。

「お前は魔法を使えるのか？」

「――――‼」

しまった、と思ったのは、その台詞を耳打ちされた後だった。いや、子供が無事だったのだから、今更後悔はしていない。そして魔法を使ったのは、事実だ。

だがあの席は、テーブルの陰になって、周りからは見えていなかった筈である。当の子供も泣いていて、どうやって冷やされたのかは気付いていないだろう。それなのに、この御方だけには見られていたのだ。一番見られてはならない人に。

『魔法』は貴族のものである。

人間の体内には、魔核と呼ばれる魔力の塊が、大なり小なり存在するのだが、魔法を使うには、魔核を解放してやらなければならない。そして、その魔核を解放する儀式は、貴族でないと行えない。平民には許されていないのだ。

儀式には莫大《ばくだい》な費用がかかることと、平民は貴族と比べて魔力量が極端に少ないというのが理由だが、貴族としての力を保持する為という理由もあるのでは、と世間では認識されている。貴族が怖くて誰も指摘はしないけれど。

ただ、その儀式を行わずとも、魔法が使える人間が、極々稀《まれ》に存在する。

そう、わたしのように。

そしてそういう人間は『魔憑《まつ》き』と呼ばれる。

儀式もせずに何故魔法が使えるのか、その理由はわからない。密かに国も魔憑きの研究をしているらしいが、結果が出たとは聞こえてこない。

聞こえてくるのは、魔憑きは魔物に近いという、実《まこと》しやかに語られる噂。魔物は儀式などしなくても、魔力を使える。それと同じ魔憑きは、魔物に近い血をしているのだと。

これは王都に出てきて初めて知ったのだけれど、もし魔憑きであることが露見して、国や貴族に知られれば、研究材料として連行される可能性が高いらしい。だから魔憑きは、それを隠して生きていく。

なのに……、

「な、なんのことでございましょう……」

「下手に隠すと為にならぬぞ。私はこの目で見たからな」

「……ううっ」

もう一度見せてみろ、と言われた。カップの中に水を注いでみろと。

嫌だと言える筈もなく、わたしは腹を括らざるを得なくなった。そうして涙が溢《あふ》れそうになるのをぐっと堪え、震える手をカップに翳《かざ》した。

嫌だ、嫌だ。やりたくない。言うことなんて聞きたくない。だけど従わなくてはならない。だって相手は貴族だから。

心とは裏腹に、「水よ」と念じれば、あっという間にカップは水で満たされる。

「……やはり無詠唱か」

彼の小さな呟《つぶや》きなど、耳に入らなかった。ただただ絶望だけが、わたしの全身を貫いた。

終わった。わたしの人生が終わってしまった。

これから自分はどうなるのだろう。自由を奪われ、一生研究材料として魔力を搾り取られるのか。それともこの身を切り刻まれ、血や肉までも調べ尽くされるのか。

しかしブライル様は、それ以上何も言わず、その日は大人しく帰っていった。それからというもの、わたしは生きた心地がしなく、戦々恐々と日々を過ごしていた。

それなのにそれ以来、彼はぱたりと店に来なくなったのだ。何か気分を害してしまったかと、心配していたエッボのおじさんには悪いが、わたしは心底ホッとしていた。

そして一週間が経ち、一カ月が経ち、三カ月が経った頃には、わたしの単純な頭が一つの希望を生み出していた。

もしかして、ブライル様はわたしに、というか魔憑きにさして興味がなかったのかもしれない。あの時は、単に自分の目に映ったものを確かめたかっただけなのかもしれない。そう考えれば、こんなにも放置されている理由に説明がつく。精神的に追い詰められていたわたしは、無理やり導き出した結論で、どうにか安心したかったのかもしれない。

しかし神様は無情なもので、そう結論づけた三日後、わたしの元にブライル様からの手紙をもたらしてくれた。

「一週間後、城に来るように」と。そして添え物のように、「悪いようにはしない」と書かれていた。

それを読んだ途端、わたしはすべてを諦《あきら》めた。ブライル様の所に行く決意をしたのだ。

逃げようか、とも一瞬考えた。しかしそれは無駄だとわかっていた。だって城に来いということは、わたしが魔憑きであることが恐らく国にまで知られているに決まっている。だとしたら、どこに逃げても国内ならばきっと捕まってしまうだろう。そして国外に逃げられる程の大金は、残念ながら今のわたしには用意できない。

急過ぎて申し訳ないが、城に行ったきり戻って来られないかもしれないから、約束の日の前日を最後に、仕事を辞めさせてもらった。

店の都合も考えず勝手なことを決定してしまい、エッボのおじさんと、おじさんの奥さんであるメルダのおばさんには怒られると覚悟していたが、仕方ないと渋々了承してくれた。ここ数カ月、わたしの様子がおかしかったことを、二人は心配してくれていたらしい。ありがたくて、本当に申し訳なかった。

そして当日。

恐怖に絶望、諦めと覚悟。いくつもの感情が入り混じった状態で朝を迎えた。そして、悪いようにはしないという手紙の言葉に、ほんの少しだけ救いを求めた。

こうして、今わたしはここに来ているのである。

無表情のまま腕組みしたブライル様。その横に、心配そうな顔をしたオネェさん。そして正面には、何を言われるかと怯《おび》えるわたし。まるで親に怒られている子供の図である。

そのブライル様も、わたしが淹れたお茶を飲むと、一瞬だけ眉《まゆ》が動いたように見えたが、それは多分気のせいだろう。

それではお話の開始だ。

「さて、本日お前を召喚した理由だが」

「駄目よ、ジル。そんな言い方じゃ彼女が萎縮《いしゅく》してしまうわ」

「……娘、硬くなるな」

無理である。

今から死亡宣告をされるのだから。

いくら腹を括ったといっても、怖いものは怖い。ビクビクしながら、ブライル様の言葉を待つ。

「今日は、お前の魔法をじっくり見てみようと思っている」

……やっぱりそうきたか。

というか、わたしが魔法を使えることを、他人のいる前で、ベラベラ喋《しゃべ》っても良いのか。

不安顔でその他人様にちろりと目をやれば、穏やかで綺麗《きれい》な微笑みをくださるオネェさん。もしかして女神様でしょうか。

「安心しろ。お前のことはこいつにも言ってある」

なんですってー、と驚いてみたが、考えれば別にどうということでもないような気がした。

だってわたしはもうお貴族様に捕らえられ、研究材料として生涯を終えることが決まっているのだ。だから今更他の貴族にバレたところで、処遇は変わらないだろう。

あの手紙に書かれていたことを信じるならば、今と同じくらいの生活を保障してくれる（但し城からは出られない）とか、体に多大な影響を及ぼす実験はしない（但し少しばかり痛い思いはする）とかかしら。

恨めしい気持ちでブライル様を睨《にら》んだが、彼は事も無げに話を進めて行く。ちくしょう、こっちは胃が痛くてしょうがないというのに。

「前は水魔法を見たからな。火はどうだ？　やってみろ」

やはりわたしに拒否権はないらしい。いや、ここに来ると決めた時点で、覚悟はしていたけれど。

言われるがまま、指先に炎を灯した。蝋燭《ろうそく》の火ほどの大きさだ。

ちなみに、熱くはない。この炎が他のものに燃え移った時、初めて術者は熱を感じられる。

「まあ、本当に魔法が使えるのね！」

オネェさんが嬉《うれ》しそうに笑った。何故わたしの魔法で、彼女が喜ぶのか。

ブライル様は、ふむ、と何かを考えるように菫色の目を細めた。そして徐《おもむろ》に、紙に何かを書き出した。

「あ、あの……」

「では次だ。風を起こすことはできるか？」

「…………はい」

こうしてブライル様は、様々な魔法をわたしに試させては、その都度結果を記録していった。水、風の温度を変えられるか、氷は出せるか、土はどうだ、炎の威力を上げられるか、などなど。こんな魔法に一体何の意味があるのだろう。そう思うわたしとは反対に、二人は感心したように息を吐いた。

「すごいわ……。四大魔法、すべて使えるなんて……」

「魔核解放もせず、ここまで細かい調整ができるとはな」

そうですか、これはすごいことなのですか。それより、最近ではこれほど一度に魔力を使ったことがないので、もういい加減疲れてきたのですが。魔力はまだたっぷり残ってはいるのですがね。

ぐったりとしているわたしを見て、ようやく終了を告げてくれたブライル様は、ああでも無いこうでも無いとぶつぶつ呟きながら、記録を纏《まと》めている。楽しそうで何よりである。

しかしこの記録は、どうせ魔憑きの研究に使われるのだ。そう思うと憎らしくてしょうがない。いっそ燃やしてやろうかしら。一瞬そんな不穏な考えが浮かんだけれど、それよりも大事なことがまだ解決していない。

汗ばむ手を握りしめた。

「それで……、わたしは今後どうなるのでしょう」

「そのことだけれど」

わたしの問い掛けに口を開いたのは、オネェさんの方だった。何も答えてくれないブライル様の代わりに、話を引き取ってくれたのだろう。そして隣りのブライル様は、先ほどからずっとペンを動かすのに集中している。そんなに魔憑きの記録が大事ですか。

「先日この城でちょっとした爆発騒ぎがあってね、魔法薬研究所の一部が崩壊したの」

「はぁ」

爆発とは物騒な。

だけどいきなり何の話だ。わたしに関係あるのだろうか。

「そしてその爆発を起こした張本人が、この男。ジルヴェスター・ブライル」

「え⁉」

ブライル様が?

「薬の研究というか魔法の研究には、稀にそうしたことが起こりうるのだけれど、本当に稀なのよ。気を付けて実験すれば滅多に起こらないわ。でも建物を崩壊させたとなれば、処罰なしとはいかなくて」

「ほ、崩壊って、大丈夫だったのですか?」

「大丈夫だったからここにいる」

「それはそうですけど……」

ブライル様は、さも何事もなかったかのように、滑らかにペンを走らせている。まるで他人事のようだ。

「こう見えても、ジルは我がノワール王国の中でも魔法薬研究の第一人者として通っているから、一カ月の自宅謹慎で済んだの。でも研究所はバラバラになってしまったから、この建物を新しい研究所として頂戴《ちょうだい》したのよ」

一カ月の謹慎。新しい研究所への引っ越し。

だからブライル様は、あれ以降わたしを放置するしかなくて、この部屋もこんなに散らかっているのか。納得した。

というか、魔法薬研究所というのは何だろう。

一通り記録し終わったのか、目の前でペンを置く音がした。ようやくブライル様のターンである。

「わかるか、娘。見ての通り、この研究所は城内でも特に端にある」

「そうですね。ここまで来るのにも、結構時間がかかりましたから」

「そして我々城で働く者たちが普段使う食堂は、ここの真反対に位置する」

「はい？」

食堂？　魔憑きの話は？

「だがこのクソ忙しい中、飯を食う為だけに、毎日そんな所まで行けるものか。娘、そうは思わないか？」

「まあ大変ではありますよね」

真反対ということは、単純計算でさっき来た距離の倍かかるということになる。食事を済ませてくるだけで、おそらく二時間近く。それが毎日となると、わたしでも嫌だ。それくらいこの城内の敷地は広いのだろう。

「しかし運良く、この建物には厨房《ちゅうぼう》が備え付けられていてな。面倒な思いをしなくとも、ここで済ませられるというわけだ」

「良かったじゃないですか」

「だがひとつ問題がある」

「問題、ですか」

「ああ。肝心の料理人がいない」

「や、雇えばいいのではないですか？　城には料理人も沢山いますよね。なら一人くらい……」

そう言えば、すいと視線を逸らされる。

おお不機嫌そうだ。

「それがね……全員に断られちゃったの。外から呼ぼうにも、ジルの存在に恐れをなして逃げちゃったし」

「それはなんというか、……お気の毒でした」

まあ逃げ出した料理人の気持ちがわからんでもない。

自分の作った料理を、この氷のような瞳《ひとみ》で見つめられるだけで、胃がキリキリと悲鳴をあげそうだ。

すると、その氷の目がこちらを向いた。反射的に体がびくりと跳ね上がる。

「そこで、お前だ」

「はい？　わたしですか？」

「初対面でも、お前は私に対して怯えたりしなかっただろう？」

「え、えっと……」

それは仕事だからです、ときっぱり言えないわたしは小心者なのだろうか。

「そして魔法が使えるということは、私の研究の雑用も賄える。一石二鳥ではないか」

「あ、あの……っ、わたし魔憑き研究の生け贄《いにえ》になるのでは……」

「何を言っている。ここは魔法薬の研究所だ」

魔憑きの研究所は別にある。

そう言い切ったブライル様とオネェさんが、笑みを浮かべてわたしを見た。

「ということで、リリアナ・フローエ。お前を私の弟子二号にしてやろう」

「(訳)この研究所のお世話係になってくれないかしら」

弟子?

お世話係?

わたしが?

「え、えええええええええ――――!?」

「と、とりあえず確認です。ここが魔憑きの研究所ではないということは、わたしは助かったということでしょうか」

「お前の言う助かったというのが、魔憑き研究所行きにならないということを指すのなら、まあそうだな」

「わたしのこと、国や研究所に報告などは……」

「そんな面倒なことするわけがなかろう。何故使える人間を、みすみす手放さなければならないのだ。魔憑き云々などより、私の食事の方が余程大事ではないか」

なんという自己中発言。その言葉に、全身の力が抜けた。

よ、良かったよおおおおお！

助かった。わたしは助かったのだ。人体実験や監禁生活。そんな最悪な想像しかできなくて、これからはもうお先真っ暗な人生しか送れないと思っていた。だけど神様はまだわたしを見捨ててはいなかった。

ブライル様は国に忠実な貴族ではないかもしれないけれど、バレたのが彼で本当に良かった。ああもう、魔憑き研究所に行かなくて済むのなら、ごはんくらいいくらでも作ります！

というのは半分冗談で、あまり浮かれてもいられない。ブライル様は、わたしを雇う為に呼びつけたのだ。ならばその話を聞かなければならない。

「それでお世話係というのは、具体的にどのようなものでしょうか」

「簡単なことだ。炊事、洗濯、掃除、その他諸々の雑用をこなすだけで良い」

「だけ、とおっしゃいますけど、それって中々の仕事量ですよね？」

普通、料理人や使用人などは、それぞれに担当が分かれていると思うのですが。それをわたし一人で賄えと？

オネェさん曰《いわ》く、ブライル様は出入りする人間が多いことが、あまり好きではないそうだ。なるほど、だからわたし一人なのか。

「魔法を使えるお前ならば、ある程度作業も短縮できるであろう。それに喜べ。給金は、今の五倍出そうではないか」

「ごっ、ごごご五倍⁉」

ご、五倍ということは、ちょっと贅沢《ぜいたく》したとしても、余裕を持って生活できる。仕事帰り、話題のお菓子屋さんに寄ったり、休日には、お洒落《しゃれ》して出掛けたり。

わたしだって、そういうことを夢見る年頃なのだ。

「べ、別にお金目当てってわけじゃないですけど、……本当に五倍も出してくださるのですか？」

「……口元が異様にニヤけているが、何も言うまい。とにかく本当だ。私は嘘を吐かない。たまにしか」

たまに嘘を吐くのですね。

だけど今回は嘘ではない、と。

「情報によると、昨日付けで仕事を辞めたらしいではないか。それで生活はしていけるのか？」

「そ、それは魔憑きの研究所に送られると思ったからで……。というか、その情報はどこから？」

「しかし辞めたのは正解だ」と、ブライル様はわたしの質問を無視して頷《うなず》く。ちょっとした疑問は、遥《はる》か彼方へ追いやられたようだ。

「あの時、お前が火傷を負った子供の応急処置をした場面。確かに他の客は、処置方法などに気付いてはいなかっただろう」

「そう、ですよね」

「しかしたった一人だけ、見ていた者がいる」

「ですからそれは貴方様が……」

そう、わたしの魔法に気付いたのは、ブライル様だけの筈《はず》。

「まだわからないのか？　子供の母親だ」

「……え？」

母親？　あの子の？

咄嗟《とっさ》にあの時の状況を思い出せば、サッと血の気が引いていく。

わたしはテーブルの陰にしゃがみ込み、そしてそこから見える範囲には、手元が隠れるように注意を払っていた。だけど確かに正面は気にしていなかったかもしれない。しゃがんだわたしの方からは見えなかったからだ。向こうも座ったままでいれば見えないだろうけれど、自分の子供が怪我をしたのに座ったままの母親なんていないだろう。

だから十中八九、ブライル様の言う通り見られたのだと思う。それなのに、彼女は騒ぐことをしなかった。どうして？

「魔法より子供のことが心配で、騒ぐどころではなかったのだろう。しかも一応、お前は子供を助けてくれた恩人でもあるわけだからな。だが、母親の中のほとぼりが冷めればどうなる。あの母親はいつまで秘密を抱え込んでくれるのだ」

「そ、それは……」

「正体は魔物だ、何だという噂からか、魔憑きというものは忌むべき存在となっている。ならば、お前のことも時間の問題かも知れぬ」

普通の人が抱えるには、あまりに大きな秘密だ。それをずっと黙っていてほしいなんて、虫が良過ぎる話である。

それにわたしは命の恩人のような大層なものではなく、ちょっとした怪我を手当てしただけに過ぎない。それは店の従業員として当たり前の行動だ。彼女らが恩を感じる必要はない。

「お前が魔憑きだということが広まれば、魔憑き研究所……ひいては魔法局自体も動き始めるだろう。そうなれば、お前が危惧《きぐ》している通りの展開になるかもしれないな」

「そんな……！」

ブライル様の温度のない言葉に、顔が青ざめる。さっきまでの浮かれていた気分は、一瞬で消え去った。

どうしよう、どうしたらいいの。魔憑き研究所になんか絶対に捕まりたくない。

ここに来るまでは、すべて受け入れようと覚悟していた筈なのに、僅《わず》かでも希望を与えられてしまったら、その覚悟なんて脆《もろ》く崩れてしまう。

「しかし私の元にいれば、今までの生活を続けるよりは、多少なりとも安全だ。あちらも簡単に手出しはできなくなる」

本当に？　本当にわたしは、人間として生きていけるのですか？

いや、これが本当かどうかなど、問題ではないのだ。

ブライル様にそう言われてしまえば、もうどうしようもない。わたしの答えは最初からひとつしかなかった。

「ここにいれば、大丈夫なのですね……」

「絶対に、とは言えないが、私もできる限り協力しよう」

ブライル様、そしてオネェさんもしっかりと頷いてくれる。なのに、この手を取ってしまっても良いのだろうかと、この期に及んでまだそんなことを考えてしまう自分に、心底嫌気がさした。縋《すが》るものがないわたしにとって、これは唯一の拠り所なのだと、いい加減認めろ。

「……よろしくお願いしますっ」

ぴょこんと頭を下げれば、「こちらこそ、よろしくね」と、オネェさんが手を差し伸べてくれる。貴族の御身をそんな軽々しく触って良いのかと悩みながらも、恐る恐るそれを握り返した。いくら彼女の線が細くても、やはりどこか女性の手とは違う。

「フェリクス・アルトマンよ。どうぞフェリって呼んで」

「リリアナ・フローエと申します。フェリ様」

「リリアナちゃん。ふふ、名前も可愛いのね」

一通り挨拶《あいさつ》が終わったところで、ブライル様が今後のことを告げていく。

仕事は明日からで良いらしい。そして食事は明日の夕食からということになった。まあ、こちらとしても、いろいろと準備があるので助かる。

「それと、お前には住み込みで働いてもらう」

「住み込みですか？」

「この研究所は忙しい。故に泊まり込むことも珍しくない」

「ジルなんて、ここに住んでいるも同然なくらいだもの」

ブライル様が住んでいる？　しかし貴族は、城下の貴族街に邸宅を持っているのではなかっただろうか。

「別に通いでも良いが、私や他の者が泊まり込んだ際、朝食を作るのに間に合うのか？　お前の借りている家から、ここまでどれくらいかかるのだ」

わたしの住んでいる場所は、ベルムの中でも賃料が安い外れにある。だから今日もお城に来るまでに、結構な時間をかけて歩いてきたのだ。それが毎日になると、ちょっと勘弁してもらいたい。

「わかりました。住まわせてもらいます」

それに家賃が浮けば、それだけ贅沢ができるじゃないか。貯金もたくさんできて、将来自分の店を持つのも、夢ではなくなるかもしれない。

「では、フェリクスに中を案内してもらえ」

そう言って、ブライル様は仕事に戻っていった。

本当に仕事が立て込んでいるらしい。新しい実験に、研究の報告書作成、王族や貴族からの注文依頼などなど。お貴族様も大変だ。


その後は、言われた通りフェリ様にお願いして、屋敷内を案内してもらうことになった。

厨房《ちゆうぼう》、食品保管庫、食堂、洗濯場、風呂場《ふろば》、物置など、わたしの仕事に関係ある場所を中心に。

だけどそのどれもが、汚れていたり散らかっていたりと、散々な有様だった。

研究所として与えられるまで、この屋敷は、長い間使われていなかったのだと思う。使われたとしても、倉庫が良いところだろう。これは掃除のやり甲斐《がい》があるというものだ。

研究室や薬品置き場は、また改めて案内してくれるらしく、最後は今日からわたしが住むことになる部屋へ行くことになった。

二階の一番手前にある扉を開けると、そこには真新しい天蓋《てんがい》付きのベッドや可愛らしい家具、小花柄の壁にレースのカーテンなどが目に入ってきた。まるでお伽話《とぎばなし》で読んだお姫様の部屋である。

「わあ、かわいい！　本当にこの部屋を使って良いのですか？」

「ええ、ここがリリアナちゃんのお部屋よ。気に入ってもらえたかしら？」

「もちろんです！」

「良かった。リリアナちゃんが気分良く働けるようにって、ジルが整えさせたのよ」

「ブライル様が⁉」

「いろいろ選んだのは私だけどね。ジルに任せるととんでもなく無機質な内装になりそうで」

「そんな……、ありがとうございます」

嬉《うれ》しい。本当に嬉しい。二人の気遣いに、目頭が熱くなるのを、なんとか堪える。

フェリ様だけじゃなく、あのブライル様までもが、わたしを気にしてくれていたなんて。まあ彼に言わせると、「辛気臭い部屋が原因で、仕事が疎かになると困る」というのが本音なのだろうけれど。

しかし、何故わたしの返答もないうちから、部屋を準備していたのかは、この際考えないようにしようと思う。

そしてその日のうちに、借りていた部屋を引き払って、屋敷に荷物を運び入れた。

賃貸契約の解除や、城に出入りする手続きのような面倒なものは、すべてフェリ様が片づけてくれた。大変ありがたかったが、フェリ様をわたしが住んでいる地域にお連れするのは、申し訳ない気分になってしまった。

平民や城勤めをしていない貴族が城を自由に出入りするには、入城許可証明書を城から発行してもらい、且つ証明印の刻まれた指輪か首飾りが必要になる。

この装飾品は魔道具らしく、複製はできないらしい。偽物が出回って、むやみやたらに出入りされれば、大問題になるからだ。

その中からわたしは首飾りを選んだ。証明書は無くすと困るから部屋に保管しておきたいし、指輪は仕事の邪魔になる。残った首飾りは、銀の鎖に小さな石が付いた比較的簡素な物なので、服の下に入れておけば大丈夫だろう。

ちなみに城下へは馬車で移動したのだが、こんなに綺麗《きれい》で乗り心地の良い馬車に乗ったのは、もちろん初めてだ。わたしが王都に来た時は、オンボロの乗り合い馬車だった。そんな高価な馬車を、御者ごと貸し出してくれる城とは、本当に太っ腹である。


仕事始めの日の寝起きは、大変良いものだった。貴族が使うようなふかふかのベッドだと、こんなにも熟睡できるとは知らなかった。お姫様ベッド万歳。

とりあえず顔を洗って、着替えを済ませる。仕事着は、星屑《ほしくず》亭で使っていたねずみ色のワンピースに白いエプロンを合わせたものだ。かなり地味だが、不潔な感じはしないだろう。貴族の使用人に見えれば完璧《かんぺき》だ。

自分一人だけの朝食は、持っていたビスケットで簡単に済ませ、初仕事である大掃除に、早速取り掛かることにした。

まずは厨房から始めようと思う。ここを綺麗にしないと、ブライル様どころか、自分の食事も作れない。

調理道具などは、ありがたいことに新品の物を揃えてくれたみたいだが、それらを一度外へ出さなければならない。そして空っぽになった厨房に、力を調整した風魔法を送り込めば、ゴミや埃《ほこり》が簡単に集まる。一々はたきをかけたり、箒《ほうき》で掃いていく必要がないのでとても楽だ。

次にたわしやモップで隅々まで磨いていく。これには水魔法が役に立った。熱いお湯を使えば、面白いように汚れが落ちていくのだ。

それにわざわざ井戸まで水汲《みずく》みに行かなくて良いのも助かる。飲食店の仕事では、人前で魔法を使える筈もなく、水汲みも火熾《おこ》しも、すべて自力でやっていた。微々たる魔力しか持たない普通の平民なら、こんなこと当たり前だし、魔憑きを隠している人間もそこは同じだ。なので、こうやって憚《はばか》らず魔法を使えるのは、本当に嬉しい。

次は風呂場だ。広めの浴槽は三、四人なら余裕で入れそうな大きさである。ここもたわしとデッキブラシを使って、どんどん磨いていく。

しかもブライル様たちが使った後ならば、わたしもここを使って良いと言われた時は、小躍りしそうなほど嬉しかった。今までは桶《おけ》に湯を溜《た》めて、下半身だけ浸かったり、体を拭《ふ》くくらいしかできなかったからだ。だけどこれからは、毎日肩までお湯に浸かることができるなんて、罰が当たるくらい贅沢《ぜいたく》過ぎる。

「おはよう、リリアナちゃん。ここにいたのね」

「わ！　おはようございます、フェリ様」

出勤してきたフェリ様が、風呂場にひょっこり顔を覗《のぞ》かせる。どうやらわたしを探していたみたいだ。

本日のフェリ様はクリーム色のドレスで、彼女の清楚《せいそ》な魅力を一段と引き立てている。

ああ、今日も大層お綺麗だ。

「厨房に入ったら、すごくピカピカになっていて、びっくりしたわ」

「皆さんの食事を作る場所ですから、早起きして頑張りました」

「まあ、嬉しい！　じゃあその食事を作る材料を買いに行きましょうか。保管庫が空っぽだったでしょう?」

昨日フェリ様と一緒に見た時は、確かに何も入っていなかった。それを一緒に買いに行ってくれるという。なんとお優しい御方なのか。

「ありがとうございます。しかし申し訳ありませんが、もう少し待っていただいてもよろしいですか？　新しい食材を入れる前に、保管庫も掃除したいので」

「ええ、わかったわ。じゃあ終わったら声をかけてね。応接室にいるから」

「かしこまりました」

フェリ様を待たせてはいけないので、急いで風呂場の掃除を終わらせる。そして小走りで屋敷の裏に回り、保管庫の扉を開けた。

昨日フェリ様に案内された時も感じたが、埃臭さが充満している。しばらく放置されていたこの保管庫は、日の当たらない北側にあり、換気する窓もないのだ。

まず、たわしや雑巾《ぞうきん》で棚を、デッキブラシで壁や天井まで磨いていく。そして風魔法で温風を送り込み、内部をしっかりと乾燥させていく。最後に冷風で冷やせば、今すぐに使用可能な保管庫の出来上がりだ。ひんやりとした空気が澄んでいる気さえする。

とりあえずこれで完了とばかりに汚れたエプロンを外し、応接室へと急いだ。

「すみません、お待たせしました」

「あら、もう終わったの？　リリアナちゃんって本当に仕事が早いのねぇ」

「いえ、気にせず魔法を使えるので助かります」

「ふふ、じゃあ行きましょうか。買い物は市場で良いかしら？」

「あ、はい！」

城下へは、昨日と同じように馬車で下る。二日連続で乗れるとは、なんと贅沢な。おそらくこれは、フェリ様と一緒だから使わせてもらえるのだろう。次からは自分の足で行かなければならないのだから、今日だけはこの馬車移動を堪能しようと思う。

石畳みの道をガタガタと車体を揺らしながら走る。だけどお尻《しり》が痛くなることはない。体を預けるそれはソファーのように柔らかで、庶民が乗るあんな木の板一枚の椅子とは違うのだ。

しかし馬車とは便利なもので、たっぷりと堪能する前に目的地へと着いてしまった。少しだけだが残念な気持ちになる。

街は様々な店が軒を連ね、多くの人が行き交い、とても賑《にぎ》やかだ。

中でも、大通りを含む一画はヒメルの町と呼ばれ、王都の中心である。そこに店を構えるのは、貴族や豪商など、富裕層が利用する高級店がほとんどである。

華やかな衣装店、煌びやかな色を放つ宝石商、舌の肥えた貴人が集うレストラン、香水や葉巻のような嗜好《しこう》品を取り扱う様々な店。近くに豪邸が多いのも、ヒメルの町の特徴である。フェリ様は兎も角、わたしには一生縁のない場所だ。

　そこから外れれば、中流層が生活する地域、ソルの町になる。庶民的な店や住宅が多く、わたしがよく使う市場もこの近くにある。ちなみに、エッボのおじさんが経営する星屑亭は、ソルの町の中でも、ヒメルの町に近い場所に店を構えていた。

　そして王都の中でも、中心から一番離れた場所にあるのがテランの町。所謂《いわゆる》下町であり、賃金の低い労働者階級や貧民が生活する地域だ。昨日までわたしが住んでいた場所でもある。

　テランの町はところどころ治安が悪い場所もあるが、わたしが普通に生活できていたのだから、気を付けていればさほど危険でもない。生活レベルが、極端に低いだけである。

　市場のあるソルの町に着くと、先に外に出たフェリ様に手を引かれ、馬車を降りた。そして周りをぐるりと見渡した。目の前には、見慣れた城下の景色が広がっている。城に入ってまだ一日しか経っていないのに、久しぶりに感じるのは何故だろう。

　そんな中を、フェリ様はスイスイと歩いていく。そして市場に入っても、その足取りは変わらない。

　台の上に陳列された商品。いくつもの屋台から漂ってくる庶民的な香り。そして活気ある売り子の呼び込み。そういうものにも一切表情を変えないフェリ様を見て、おや、と思う。

「フェリ様は城下に下りてくることが多いのですか？」

「あら、何故？」

「なんだかとっても慣れている感じがします」

「そうね、普通の貴族よりは多いんじゃないかしら。あんな所に閉じ籠《こも》っていては、息が詰まるもの」

「へぇ、そうなのですね」

お貴族様も何かと大変なのだと、自分にはわからない世界を何となく理解する。

でも慣れているなら話が早い。さくさく回らせてもらおう。

塩に砂糖、他にもたくさんの香辛料や調味料。そして様々な野菜や肉。とにかく必要な物を手当たり次第に買っていく。あっと、小麦粉やハーブも買わなければ。それにチーズも！

気が付けばとんでもない量になっていたが、市場の配達所に頼めば、すべて屋敷まで届けてくれるらしい。その分の料金はかかるが、素晴らしいサービスだと思う。

代金はフェリ様が払ってくれたので、安心して買い物ができた。後からブライル様に請求するとのこと。金額を聞いてびっくりしなければいいけど、と心配したが、フェリ様によると、市場を丸ごと買ったって、痛くも痒《かゆ》くもないらしい。貴族って半端ない。

「魔法薬研究所の責任者というのは、ブライル様なのですか？」

「ええ。だからリリアナちゃんも、かかった費用は全部ジルに出してもらうのよ？　あらかじめ予算を組んで、渡してくれると思うけど」

「わかりました。それでも足りない時は、ブライル様宛《あて》に請求してもらうようにします」

そこでちょうど昼時を知らせる鐘が鳴る。その鐘の音を聞いたら、自然とお腹が空いてきた。

「ね、リリアナちゃん。せっかく市場に来たんだもの、昼食は屋台で済まさない？」

「わたしは良いですけど、フェリ様がそんな屋台でなんて！」

「私なら平気よ？　うーん、たくさんあってどれにするか迷うわねぇ」

適当な屋台に近寄っていくのを見て、「こっちの方が美味しいですよ」と、フェリ様を別の店へ引っ張っていく。

飲食店で働いていたこともあって、市場に来る機会は多かった。その度に屋台を巡っては食べ、密かに網羅しているのだ。その中でもお気に入りの店に、フェリ様を連れて行く。

少し硬めのパンに野菜と薄切り肉を挟んだそれは、中身もおいしいけれど、特にソースが絶品なのだ。

女性一人には大き過ぎるので、半分にしてもらったものに勢い良く齧《かじ》り付く。

「おいしい！」

「ですね！」

まろやかな酸味の中に、バターや香草の風味が漂うソース。微かにピリリとした香辛料の刺激も堪らない。それが肉の旨味や野菜の甘みと相まって、本当に屋台料理なのかと疑いたくなるほどの味である。フェリ様も夢中で食べているみたいで何よりだ。

その後は焼き栗を摘《つま》みながら、市場をぐるぐると回る。

飲食店の仕入れやご婦人方の買い出しで、そこかしこが賑わっている。ならばわたしも、そろそろ夕食の献立を考えなければ。なにせ記念すべき最初のごはんなのだ。

そういえば、大して考えずに普通に作る気でいたけれど、貴族の方々は一体どんな物を召し上がるのだろうか。

「フェリ様、フェリ様！　フェリ様やブライル様の好物って何でしょう？」

「突然どうしたの？」

「どんな食事を作ればいいのかわからないことに気付いてしまって。お貴族様の召し上がる料理なんて、わたしに作れるかどうか……」

「そんなこと気にしなくても大丈夫よ、貴族だからって、毎回特別な物を食べているなんてことはないから」

「でも……」

「確かに必ず肉か魚は食べるけど、味付けは普通よ。リリアナちゃんたちが普段食べているものと、さほど変わらないんじゃないかしら」

「そういうものですか？」

「ええ、だから好きに作ってちょうだい。ジルも私も楽しみにしているから」

フェリ様が笑顔でそう言うので、その言葉を信じてあまり深く考えないことにした。ブライル様のことも、彼と仲良しのフェリ様に聞けば間違いないのだろう。

屋敷に戻ると、フェリ様は真っ直ぐ研究室に向かっていった。これから本職の仕事をなさるのだろう。

その研究室とやらを案内してもらおうかとも思ったが、厨房《ちゆうぼう》を初めて使うこともあり、早めに夕食作りに取り掛かることにする。

まずは新品の鍋《なべ》やフライパンに火を入れ、たっぷりの油で慣らす。これをしなければ、いざ使った時に食材が引っ付いてしまうのだ。

もちろんこの火は魔法で熾したものである。火打ち石なんて使わなくて良い。種火も残さなくて良い。ブライル様の言った通り、魔法ってなんて家事に向いているのだろう。

しばらくすると市場の配達員が荷物を届けに来た。それを厨房や保管庫に運んでもらう。詰め込まれた食材は、すっからかんだった保管庫を程よく埋めてくれた。

調味料と香辛料も、使い易いように瓶や麻布に詰めていく。それをあらかじめ決めておいた場所に置けば、これで準備万端だ。あとは献立を考えるだけである。

「うーん、どうしようかしら」

フェリ様はわたしたちが食べている物とそう変わらないと言っていたが、庶民が普段食べている物なんて、硬いパンと薄いスープに、野菜の酢漬けやチーズといったところだ。

だけど貴族がこれと同じ物を食べているとは考え難い。だから恐らくフェリ様の指す同じような物とは、わたしたちがすごく贅沢した時の料理なのだと思う。

そこで一つ思い付いた。わたしが働いていた星屑《ほしくず》亭で出しているような物はどうだろう。あの店は普通の食事処よりも豪華な料理を出しているし、何よりブライル様が通っていた店だ。

そうと決まれば、早速取り掛からねば。

保管庫から食材を持ち出し、厨房に並べる。

最初はスープ作りからだ。

玉葱《たまねぎ》、人参、セロリなどの野菜を賽《さい》の目《め》に切る。大蒜《にんにく》は包丁で潰《つぶ》し、それらを水と一緒に鍋へ入れる。その中に月桂樹の葉も入れ、火にかけた。

鍋が沸騰する直前に火力を落とし、そのまましばらく煮込む。灰汁《あく》が浮いてくれば掬《すく》い、またしばらく煮込む。それを濾すと、簡単なブイヨンのでき上がりだ。野菜の甘い匂いが何とも言えない。濾して残った野菜は、トマトソースにでもしよう。

そしてみじん切りにしたマッシュルームと玉葱を、少し多めのバターで炒《いた》める。しんなりしたら小麦粉を入れ、また炒める。その中にさっきのブイヨンを入れ、かき混ぜる。ダマにならないように、少しずつ入れてはかき混ぜるのがコツである。そして最後に牛乳も加えて、塩とほんの少しの砂糖で味を調えれば完成である。

ブイヨンを煮込んでいる間は、主菜《メイン》にも取り掛かる。

まず豚のかたまり肉に塩《しお》胡椒《こしょう》とオリーブ油を擦り込み、数種類のハーブで香り付けをしてからフライパンで焼く。焼き目を付けたら、大きめに切ったじゃがいもや人参と一緒に、あまり温度を上げ過ぎていないオーブンでじっくりと焼いていく。オーブンの内部温度が高いと肉が硬くなってしまうので、火加減には注意が必要だ。

焼き上がれば、肉や野菜を取り出し、残った肉汁でソースを作る。フライパンの中に肉汁とワインとブイヨンを加えて煮詰めるだけという簡単なものだ。しかし肉汁のコクと野菜の甘さが溶け込み、なかなか美味しいものに仕上がっている。

そして最後はサラダである。

平民はあまり生の野菜を食べることがない。保存がきくように加工するのが当たり前だからだ。

でもブライル様たちは、そういう物より新鮮な生の野菜の方が良いだろう。

手にした茴香《フェンネル》の根を一口大に切る。柔らかいチーズも同じ大きさに切っていく。それをボウルに入れ、生成した氷水をボウルの下から当てる。このまま食べる直前まで冷やしておけば良い。

ドレッシングはオリーブ油にレモンの果汁と茴香の葉を細かくしたもの、そこに塩胡椒を効かせ、しっかり攪拌《かくはん》すればでき上がりだ。

「よし——できた！」

気付けば結構な時間が経っていた。慣れない場所なのだから、今日ばかりは仕方ないだろう。

盛り付けまで完成させて、すべてをワゴンに乗せる。

ちなみにパンは城下で買った物だ。さすがにパン種がない状態では作れない。

そして食堂でセッティングをしていると、仕事終わりのブライル様たちがやって来た。

「お、美味しそうな香りぃ……」

午前中わたしに付き合ってくれたフェリ様は、午後からブライル様にたっぷり仕事を与えられたそうで、少しぐったりした様子だった。何だか申し訳ないことをさせてしまった気がする。

その点、当のブライル様はいつも通りの無表情で、疲れているのかどうかもわからない。いや、朝からずっと働いているのだから、疲れてない筈《はず》はないのだけれど。

二人がテーブルに着くと、それぞれに飲み物と料理を盛った皿を置いていく。

するとそれらを見たブライル様の眉《まゆ》がピクリと動いた、ような気がした。

「どうかなさいましたか？」

「……いや」

食前の祈りを捧《ささ》げた後、二人はまずスープに手を付けた。一口飲んだ後、フェリ様の疲れた顔がみるみる蕩《とろ》けていくのがわかった。

「おいしいいいいいい……‼」

声になるか、ならないかの言葉が溜《た》め息《いき》と共に溢《あふ》れ出た。いっそ涙ぐんでいるようにも見える。

一体ブライル様はどれだけ大量の仕事をさせたのだろうか。そう思って彼の方に目をやれば、同じように一口飲んだところで、またしてもピクリと眉を動かした。

「……弟子二号」

「は？」

え、え⁉　弟子ってわたしのことですか？

そういえば昨日そんなことを言っていた気がするけれど、年頃の女性に向かって二号という呼び方は如何なものだろう。しかしブライル様に名前で呼ばれる方が何だか怖い気がしたので、この場は流すことにする。

「このスープは？」

「ブライル様がうちの店にいらした時、何度か注文されていたので、それで作ってみたのですが

「……」

「そうだな。あの店の物と味がまったく一緒だ」

「店のメニューの中で、わたしが作らせてもらっていた物がいくつかあって、このスープもその一つなのです」

「なるほど」

ブライル様は、「どうりで同じな筈だ」と、小さく呟《つぶや》いて、それは上品に飲み進めていく。

サラダもフェリ様曰《いわ》く、野菜の瑞々《みずみず》しさと爽《さわ》やかなドレッシングが体に染み渡ると、なかなか好評だった。野菜は肌にも良いですからね。

二人は、続けて主菜にナイフを入れる。ある程度の低温で焼いたそれは、思った通り柔らかく仕上がったと思う。

「これもメニューにあったと思うが、……ム、いや微妙に違うな」

「この豚肉のローストは、店主が作っていたのを真似た物です。だから同じ材料を使っても、やっぱりどこか違うと思います」

「そういうことか」

「でもリリアナちゃんのもとっても美味しいわ。しっとりしていて、このソースとすごく合うもの。ああ、ワインが止まらない！」

そう言ってフェリ様は幸せそうにワインを呷《あお》った。貴女が喜んでくれたのなら何よりである。

ブライル様からも文句は出なかったので、及第点というところだろう。

そうしてすべての皿が空になり、初めての食事は無事に終わったのだった。

それなのにブライル様は席を立とうとしない。想像もできないが、このまま歓談でもするのだろうか。

「二号、これで終わりか？」

「ええ。あ、お茶ですか？　只今《ただいま》お持ちします」

「……いや、もう良い。片付けが終わったら研究室へ来るように」

「か、かしこまりました」

深々と頭を下げれば、いつもの無表情より幾分難しそうな顔をして出て行った。

い、今のってまさか呼び出しじゃあ――

「ど、どうしましょうフェリ様！　わたし何かブライル様を怒らせることしましたか⁉」

慌てるわたしからポットを取り上げたフェリ様は、自分で注いだお茶を優雅に啜《すす》った。

「落ち着いて、リリアナちゃん。ジルのあれは怒っているんじゃないのよ」

「で、でも……」

「拗《す》ねてるっていうか、ガッカリしてるっていうか。そんな感じよ」

「いやいや、ブライル様ですよ？　拗ねるだなんて」

「あんな何考えてるのかわからない男でも、拗ねることはあるわよ。ふふ、まだ子供っぽいとこが残ってるのね」

慈愛めいた微笑を零すフェリ様の言葉に凍り付く。

子供っぽいですって⁉

あのブライル様が⁉

「ジルはね、食後のデザートが無かったことに拗ねているのよ」

は？

デザート？

だから、あのブライル様ですよ？

「いやいや、まさかそんな、デザートなんかで……」

「それが意外や意外、甘い物が大好きなのよ。可笑しいでしょ、あの風貌《ふうぼう》で」

「……ほ、本当なのですか？」

意外過ぎます！　ブライル様とデザートって、真逆の存在じゃないですか。

「甘味なら大体何でもイケる口だけど、ケーキやプディングなんかが特に好きよね」

「ケーキ！　プディング！」

「クッキーやフィナンシェなんかも大好きよ。あのしかめっ面で笑っちゃうわよね」

「クッキー！　フィナンシェ！」

甘く可愛らしいそれらを食べているブライル様を思い浮かべようとしてみたが、まったく浮かんでこない。それどころか薄ら寒くなってきた。

「だからお願いリリアナちゃん、毎食じゃなくて良いの。でも夕食だけは、ジルの為にデザートを付けてもらえないかしら？」

そうフェリ様にお願いされてしまえば、わたしとしては頷《うなず》くしかできない。それにしても、フェリ様のブライル様を思いやる気持ちの、なんと美しいことか。

その後、帰宅されるというフェリ様を見送り、厨房へ戻った。そして高そうな食器を割らないよう丁寧に洗い終えれば、何ということでしょう。することがなくなってしまった。

いや、あるにはあるのだ。明日の夕食の為に魚をマリネしたり、近いうちに焼き立てのパンを出せるようにパン種を仕込んだり。

だけど雇い主であるブライル様の言いつけは、守らなければならない。もう片付けは終わってしまったのだから。

手持ち無沙汰《てもぶさた》にならないよう、とりあえずお茶を用意して、フェリ様に教えられた研究室の前に立つ。ああ、嫌だ。

後は入るだけなのに、ドアノブを持つ気になれない。閉じられた扉の中から、おどろおどろしい気配が漂って来るような気さえする。しかしいつまでも嫌だ嫌だと、子供のように駄々をこねてはいられない。ご主人様の命令なのだ。

「ブライル様。リリアナです」

「入れ」

意を決してノックすると、中から間違ってもご機嫌とは言えない声が返ってくる。ああ、やっぱり嫌だ。そこまでデザート食べたかったのですか?

逃げるわけにもいかないので、仕方なく部屋に入ると、そこは如何にも研究室といった様子の内装だった。いつも羽織っていらっしゃる白衣とも相まって、この部屋だとブライル様の研究者らしさが際立って見える。

壁には一面の本棚と、そこに入りきらずに積み上げられた本の山。研究道具であろう器具が乱雑に置かれ、その横には薬草らしきものの残骸《ざんがい》が、こちらも山になっている。そして机の上には書類の山が……。

何故だ。何故すべてのものを山にする必要があるのだ。

理解できないこの部屋の現状に目眩《めまい》がしてきたが、今だけは何とか我慢する。

良い頃合いになったお茶を出し、それに口を付けるブライル様を待つ。あ、また眉が動いた。

「そ、それで、ご用は何でしょう」

「お前の勉強についてだ」

「勉強？」

はて、おっしゃる意味がわからないのだけれど。デザートを用意してなかったことに怒っているのではないのですか？

「お前を私の弟子にしてやると言っただろう。ならばお前は、魔法薬についてしっかりと学ばなければならない」

「あの、わたしお世話係だったのでは？」

「確かにお前の主たる仕事はそれだ。しかし弟子にしてやるとも言った」

「何もそこに拘らなくても。お世話係で良いじゃないですか」

「私は一度決めたらやり遂げる人間だ」

「無理にやり遂げなくても良いのですよ？　しかも勉強するの、わたしじゃないですか」

一応読み書きや算術は、昔どこかの町でお金持ち向けの店で働いていたという母から習っている。そういう店では、下働きまで読み書きなどを覚えなければならないのだそう。

だけど魔法薬なんて専門的なことは、わたしが習った基本的な知識とは比べ物にならないくらい難しいに決まっている。

「お前は自分の魔力を、有意義に使いたいとは思わないのか？」

「お世話係として、それはそれは有意義に使わせてもらっていますので」

「しかしその世話係の業務には、雑用も含まれているのだがな。もちろん雑用というのは私の仕事についてのものだ」

「……ぐっ」

「そしてその雑用を任せるに当たって、魔法薬の基本は学んでおかなければ話にならない」

「……ぐうぅっ」

そうして折れたのは、もちろんわたしだった。というかブライル様に言い付けられた時点で、わたしの負けは決定していたのである。

くっそおおお！　階級制度が憎い。

「あれですよ、時間が空いている時だけですよ」

「となればこれくらいの時間からか。まあ良いだろう」

勉強は翌日から開始することになった。今からやると聞かないブライル様を、やっとの思いで説得し、なんとか明日からにしてもらったのだ。

しかも講師は当たり前のようにブライル様だ。「ぜひお優しいフェリ様に！」と願い出たのだが、夜は今日のようにご自宅に帰ることの方が多いらしく、敢え無く却下された。無念である。

そこではたと気が付いた。フェリ様がお帰りになられた今、この屋敷……そしてこの部屋には、わたしとブライル様の二人きりなのである。瞬間、思わず、「ひぃ！」と、声を上げそうになってしまったが、どうにか耐えた。えらいぞ、わたし。

別に不埒《ふらち》なことをされるとは微塵《みじん》も思っていない。こんな美しい顔面を持っている御方は、わたしなんぞ相手にもしないだろう。ただブライル様と二人なのだという事実が、何故だか空恐ろしく感じたのだ。

けれどわたしにはやるべきことが、まだひとつ残っている。

しかしあちらの話はこれで終わったらしく、もう用はないとばかりに退室を促された。だけど中々出て行こうとしないわたしに、目の動きだけでもう一度退室を促す。

「あ、あの……」

「何だ」

「知らなかったとはいえですね、すみませんでした」

「だから何のことだ」

皆まで言うのは憚《はばか》られ、わたしは持ってきた紙包みを差し出した。ブライル様は訝《いぶか》しむ様子で、包みを開ける。

「二号、これは……？」

「こんな物で本当に申し訳ないのですが、少しでも召し上がっていただければと」

中に入れていたのは、干し果物の砂糖漬け。保存食にと自分で作っていたのを、この屋敷まで持ってきていたのだ。

少し甘過ぎるかもしれないが、保存するには砂糖をたくさん使わなければならない。それにこれくらい甘くてもお茶には合うと思うのだけれど。

「なんだ、フェリクスが喋《しゃべ》ったのか」

「わたしが無理に聞いたのです。フェリ様はブライル様のことを思って」

「フン、あいつがそんな殊勝な真似をするものか。大方面白がって言ったのだろう」

確かにそうですけど。笑っていましたけど。拗ねているだの、子供っぽいだのと言っていましたけど。

だけどわたしがそれを言えるわけがない。あんなにも良くしてくれたフェリ様に対する裏切りである。それに彼女がブライル様のことを思って教えてくれたのは間違いないのだから。

眉根《まゆね》を寄せたままのブライル様は、干し苺《いちご》を摘んで口に放り込んだ。するとまたしても眉《まゆ》がピクピクと動いたのだ。むしろさっきよりも激しく。

「まあ悪くない味だ」

お気に入りのスープに、大好きだという甘味。

まさかこの眉は、好きな物や美味しい物に出会った時に動くのではないだろうか。言葉や表情に表すのが不得手で、唯一表現される個所が眉、なんてこと——

都合良くそう考えると、少しだけこの無表情の彼が可愛らしく感じるのだから、不思議なものである。

「そういえば、わたし『二号』とか呼ばれていますけど、一号の方はどうされているのですか？　一号さん、いらっしゃるのですよね？」

「一号か？　奴は今、素材採取の為、旅に出ている。まあ、そのうち帰ってくるだろう」

そうか、いくら魔法薬師といえども、薬を作っていれば良いだけではないのだ。薬の材料を集めるところから始めなければならないなんて、結構大変な仕事なのだと知った。

部屋を辞した後は、厨房《ちゆうぼう》に戻り、手早く夕食を済ませる。

立ったままで行儀が悪いけど、ここにはテーブルや椅子がないのだから仕方ない。明日にでも、物置から適当に見繕ってこよう。

夕食のメニューは、もちろんあの二人に作った物の残りだ。時間が経って冷めてはいたが、それでも充分美味しかったので安心した。少し味見はしたけれど、やっぱり心配だったのだ。

しかしこんな贅沢《ぜいたく》な食事が毎日食べられるなんて、意外にも最高の職場ではないだろうか。自然とそう考えてしまい、慌てて首を振る。

いやいや、家事はともかく、これから毎日勉強をしなければならないのだ。それもあのブライル様に教わりながら。

ブンブンと頭を振り、現実逃避とばかりに、明日の準備をすることにした。

買ってきた鮭を切り分け、塩胡椒《しおこしょう》を振ったらそのまま少し置く。出てきた水分を拭《ふ》き取り、オリーブ油、レモン果汁、バジルの葉、みじん切りにした大蒜《にんにく》を混ぜ合わせた中に漬け込む。

これをたくさんの氷で冷やしておけば朝まで持つだろうし、明日は焼くだけで良いから、何てお手軽な料理だろう。

後はパン種を、とも思ったが、もう今日は止めよう。

時間も遅いし、何よりわたしは疲れたのだ。だからお風呂《ふろ》に入って寝たいのだ。

「おっふろ、おっふろー」

鼻歌交じりで風呂場《ふろば》の扉を開けると、温かい湯気とたっぷりのお湯が、わたしを出迎えてくれた。といっても自分で生成したものだけれど。

ブライル様はもう入られたらしく、これで心置きなく楽しめる。

掛け湯をした後は、まずは髪と体を洗う。おお！　さすが貴族の使う石鹸《せっけん》だ。香りと泡立ちが素晴らしい。

そして全身が綺麗《きれい》になったところで、ドボンと湯船に浸かれば、もうここは天国だ。さっきまでの嫌な気分も一気に消し飛んでしまう。

「うあああ――――、最っ高……」

年頃の女性とは思えない声が出てしまったけど、これはもう仕方ない。こんな気持ち良いものを備え付けている方が悪いのだ。

そしてこの広さ。ここぞとばかりに体を伸ばしても、まだ全然余裕がある。

それからたっぷり一時間、わたしはお風呂というものを、ふらふらになるまで存分に堪能したのだった。

「ふぁああ〜、よく寝たぁ……」

体の芯《しん》まで温まり、ふかふかのお姫様ベッドでぐっすり寝たら、昨日よりも目覚めが良かった。いつもより体も軽い気がする。これはお風呂の効果に違いない。

着替えを済ませ、早速仕事に取り掛かるが、どうしてだか昨日より断然捗《はかど》る。勝手を覚えたというのもあるが、これも体が動くのが大きいのだと思う。

魔力にも心なしか活力が漲《みなぎ》っている気がする。

やっぱりお風呂ってすごい。

そして、いつものようにハーフアップに結った髪は、とてもサラサラで良い香りがする。これはわたしの部屋に置いてあった香油――おそらくフェリ様が用意してくれた物だろう――を使ってみたのだけれど、その威力は絶大だった。

それだけで女子力が上がった気になるのだから、我ながら単純なものである。ご機嫌な鼻歌も勝手に漏れてしまう。

そのうえ調子に乗って、朝食のオムレツにトマトソースでうさぎの絵を描いてみれば、

「……何だ、これは」

「うさちゃんです」

「うさちゃ……兎なのはわかる」

「えへへ、可愛いらしく描けました」

「だから何故、私の目の前にそんなものがあるのだ」

「え、お嫌いですか？　うさちゃん」

「そういうことではない！」

ブライル様から、早々にダメ出しをくらった。

「まったく、お前はまともに食事も出せないのか」

「申し訳ありません……」

可愛いものを愛でて、少しでも心穏やかに過ごしてほしいというわたしなりの気遣いは、彼にとって素晴らしく余計なことだったらしく、朝からしっかりと怒られることになった。

さっきまで満々だったやる気と女子力が、へにょりと急降下してしまい、思わず項垂《うなだ》れてしまう。

そんなわたしを見て、渋々だがオムレツを食べてくれたブライル様は、気難しいのか優しいのかわからない。残念ながら、早めに出勤してきたフェリ様にその姿を見られ、爆笑されていたが。

ああ、お可哀想に。

その後、女子力のことは忘れ、掃除に洗濯、料理の下拵《したごしら》えと、おとなしく仕事をこなしていく。

その洗濯の前にベッドシーツを替える為、ブライル様の私室のドアに手をかける。……ええと、良いのよね？　別に入ってはいけないなんて言われてないし。入らなければ仕事ができないし。

恐る恐るドアを開ければ、当たり前だけれど誰もいない。そして室内を見渡せば、

「あれ？」

わたしに与えてくれた部屋とは、随分と印象が違う。わたしの部屋は、お姫様仕様に整えられていたのに対し、この部屋は何というか、貴族が使うには少しばかり質素ではないだろうか。

家具といえば、ベッドに長椅子とテーブル、そして本棚があるくらいだ。大きさだけは貴族らしい大きなベッドだが、もちろんそこに天蓋《てんがい》はついていない。長椅子も、誰かを招く為とかではなく、読書をする時に、自分が座る為だけに置かれている気がする。まあ、家具が少ないということは、掃除も簡単なので、わたしにとっては喜ばしいことなのだけれど。

しかしブライル様は、見た目や言動などはとても貴族らしいのに、どこか貴族らしくなくて、接し方に悩んでしまう。それともわたしが、お貴族様という固定観念に囚われ過ぎているのだろうか。

これが貴族だというのなら、ブライル様やフェリ様を見て勉強しなければならない。

昼食を終えた後は、買い物に出掛けることにした。今日は一人なので、もちろん徒歩だ。

城門を通る際に、フェリ様から受け取った首飾りを見せると、初めてお城に来た時に揉《も》めたあの貴族係官が心底驚いた顔をした。そしてまたしても偽物ではないかと疑ってきたのである。

もちろん本物に間違いないので疑惑は早々に消えたのだけど、係官は忌々しそうにわたしを睨《にら》みつけてくる。わたしは何かこの人に恨まれるようなことをしてしまったのだろうか。

気を取り直して。買い出しである。

昨日たくさん買ってもらったので在庫はたっぷりあるのだけれど、細々とした足りない物を買っていく。

そして市場を出ると、その足で本当の目的地に向かう。

華やかで上品な店や、女の子が好きそうな可愛らしい店が立ち並ぶヒメルの町の大通り。歩く人も小綺麗《こぎれい》な人が多い。中にはきっとお貴族様もいらっしゃる。

何故わたしがこんなところに来たかというと、もちろん昨日教えられた食後のデザートを手に入れる為である。

簡単に果物で良いか、なんて最初は考えていたけれど、昨日砂糖漬けを食べたブライル様の様子を見るに、それよりも甘味がお好きなのだろうと窺《うかが》い知《し》れた。

なのでこうして買いに来たわけだが、さすが贅沢品《ぜいたくひん》、中々のお値段である。このケーキ一つで、一体いくつの庶民パンが買えるのか。上流階級向けだからこそ、ここまでの値段を付けられるのだろう。

自分で作った方が随分と安くあがるが、今日は時間もないし、生憎レシピもそんなには知らないので、予定通り買って帰ることにする。

「すみません、このケーキをふたつ頂けますか」

近くに控えていた店員に声を掛けたのだが、それに気付かなかったのか、他のお客さんの所に行ってしまった。えっと、他に店員さんは――と周りを見たが、後ろから聞こえてきた会話から、自分の置かれている立場を知った。

「いやぁね、小汚い平民が迷い込んでいるわ」

「店員に無視されたことにも気が付いてないのよ。無様よねぇ」

「クスクス、お止めなさいな。可哀想でしょ、自分に見合う店もわからないんだもの」

確かにここは富裕層が来る店だ。もちろんお使いで買いに来た使用人もいるのだけれど、その人たちだって、大通りの店に入るに恥ずかしくない格好をしている。如何にも平民然としたわたしだけが異質だった。つまりさっきの店員からは、客として見られていなかったということだ。

それでもケーキは手に入れなければならない。恥を忍んで、もう一度声を掛けた。

「すみません、主人から使いを頼まれまして、そのケーキをふたつ頂けますでしょうか。それさえ買えれば、すぐに出ていきますので」

そう言えば、わたしにいつまでも居座ってほしくない店員は、渋々ながらも応対してくれた。そして言葉の通り、ケーキを受け取ったら、そそくさと店を後にした。

王都に出てきた頃なら、酷いと愚痴のひとつも零したかもしれない。だけれど三年も住んだ今ならわかる。あれは場違いな格好で入ってしまったわたしが悪いのだと。

しかしわかっていても、気分が良いものではない。

夕食後、ブライル様の前にそのケーキをお出しすると、少しバツの悪い顔をしたものの、明らかに目が輝いた。眉も大きく動いている。喜んでくれたようで良かった。

しかし一口食べたところで、その端整な顔を僅《わず》かに歪《ゆが》めた。

「甘過ぎる」

「え？」

「何だこれは、砂糖の塊ではないか」

「も、申し訳ございませんっ」

「ごめんなさい。私にもちょっと甘過ぎるわ」

ああ、フェリ様まで！

そんなに甘い物が好きならばと、砂糖衣をたっぷり纏《まと》った一番高いケーキを選んだのだけれど、どうやら口に合わなかったらしい。良かれと思ってのことだったが、裏目に出てしまったようだ。

うーん、甘いだけでは駄目なのか。

二人ともが手を付けなくなったので、ケーキの皿を早々に片づける。どうやら最初の一口で、甘さが体を充満したらしい。それを洗い流すように、二人はお茶を啜《すす》った。

「次はもう少しマシな物を用意するように」

「……かしこまりました」

「料理は普通のくせに、菓子を選ぶセンスはないのだな」

いやいや、ブライル様のことを考えて選んだら失敗したのです。わたしが食べるのなら、もっとフワフワだったり滑らかだったりするケーキを選んでいましたよ。

だけどフェリ様の分までブライル様に合わせ買ってしまったのだから、そこは完全にわたしのミスである。

「二号、お前菓子作りはできないのか？」

「まあ！　リリアナちゃんの作るお菓子なら美味しそうね」

「すみません、星屑亭《ほしくず》ではデザートは出していませんでしたから」

「そういえばそうだったな」

「あらぁ、残念ね」

心なしか、ブライル様の無表情がしょんぼりとしている気がする。簡単なものなら作れないこともない。だけど本当に素人に毛が生えたレベルで、おいそれとお貴族様に出せるものではない。うーん、これは少しレシピを増やした方がいいのかも。当分は既製品に頼らざるを得ないけれども。

それでも今日行ったお店だけには頼らない。お店は他にもあるし、ヒメルの町以外にも、美味しいと評判のお店はたくさんあるのだ。

そしてその日の夜から、ブライル様による勉強会が始まった。フェリ様は今日も帰られてしまったので、必然的に二人きりだ。

こんな綺麗な顔をした男の人と二人きりだなんて、普通ならドキドキしたりするのかもしれないけれど、いかんせん相手がブライル様なので、ドキドキよりもビクビクの方が大きいという現実。

それに白衣を着ていらっしゃるからか、教師に見えてくるから一層である。

そんなくだらないことを考えていたら、冷ややかな視線を向けられた。さて、お勉強お勉強っと。

「まず魔法薬というのは何かわかるか？」

「ものすごく高価だけど、その分良く効くお薬だと聞きました。でも使ったことはありません」

「そうだ、通常の薬とは効果が明らかに違う。もはやまったくの別物といっても良い。怪我にしろ、病気にしろ、魔法薬を使用すれば、治る確率が格段に上がる。それに完治までも早い。あの料理店で子供に塗ったのも魔法薬だ」

そうだったのか。だとしたら、良かった。きっと痕《あと》も残らないだろう。

ならば最初からブライル様に任せておけば、魔憑きのこともバレなかったなどとは、この際考えない。

「では、何故そこまで効果があるのか。一番の理由は、名前の通り魔法によって作られているからだ。正確には魔力を加えながらだが」

「魔力、ですか」

「そうだ。薬によって手順は変わるが、魔力を注入しながら調合することによって、品質は格段に上がる。値段が跳ね上がるのは致し方あるまい」

「それって魔力を持つお貴族様だけにしか作れませんよね。それなのに平民には手が出ないって、ズルくないですか？」

「お前たちが普段使っている薬とは、そもそも材料が違う。遠方から取り寄せなければならなかったり、魔物が生息している場所で採取したりだな。それに魔力を込めるのだから、一日に作れる数にも限りがある。そういった理由から、殆《ほとん》ど貴族の中でしか出回っていないのだ」

うーん、そう言われると納得せざるを得ない。

魔法薬作りも大変なわけだ。

「では基本的な薬の種類から教えていく」

いくら面倒でも、せっかく習うのだから教えてもらえることはすべて覚えたいと、わたしは必死にペンを走らせた。

《塗り薬》

怪我をした時、直接肌に塗る薬。患部に塗り込むことで、傷を修復していく。切り傷や炎症、火傷や捻挫《ねんざ》などにもこの薬が用いられる。酷い外傷の場合は、飲み薬と併用することもある。

《飲み薬》

服用することによって、体の内部から治癒していく。症状によって材料が異なる為、塗り薬と比べて種類が多い。

《点眼薬》

目に直接差すことによって、眼球の炎症などを治癒する薬。老化によるかすみ目にも効く。視力が回復することもある。

《点耳薬》

耳に直接差すことによって、内部の炎症などを治癒する薬。音を聴き取り難い症状が回復することもある。


「ほかにもいくつかあるが、今日覚えるのはこれくらいで良いだろう」

「効果が違うといっても、塗り薬と飲み薬は平民が使っている物と目的は一緒ですね。でも点眼薬や点耳薬というのは初めて知りました」

「まだそれほど研究が進んでいないというのもあるが……。それに平民なら多少目が痒《かゆ》くても放っておくのだろう」

確かに目が赤くなったり痒くなったりしても、数日すれば自然に治っているから、医者にかかるということもなかった。

ブライル様曰《いわ》く、空気や水の綺麗《きれい》な場所に生活していれば、そんなに悪化する病気でもないらしい。そうか、わたしの出身は自然豊かな田舎町だから、酷くならなかったのだろう。

「では次だ。塗り薬の種類から。これは液状の物とクリーム状の物がある。液薬は患部に直接振りかけ、傷に浸透させていくというもの。なので、切り傷のように肉まで傷ついた場合に使用する」

反対に、クリーム状の物は擦り込むことによって浸透させる為、切り傷などには向かないそう。

だから捻挫や打撲のように患部に人の手が触れても良い場合に使用する。

ふむふむ、塗り薬という同じ括りでも怪我の状況によって使い分けるのですね。

「そして飲み薬は丸薬と液薬がある。これは単純に液体を混ぜ合わせたり、固形物をすり潰《つぶ》して丸めたりと、素材によって調合方法が違うだけだ」

「じゃあ例えば腹痛に効くのはどちらですか？」

「効き目に多少違いはあるが、腹痛の場合ならどちらにもある。ただ液薬は嵩張《かさば》る為、丸薬の方が一般的だな」

「なるほど。荷物は少ない方が良いですものね」

「だからといって、すべての飲み薬に丸薬と液薬があるわけではない。たまたま腹痛の場合はどちらとも調合できたというわけだ。両方存在するのは少ない」

「偶然の産物ですか」

「馬鹿者、研究の成果と言え。新しい調合方法や組み合わせを試していけば、どちらもいずれ作成できる。ただ既に効果があるものを探すより、未だ治せない症状を研究するのが先だ」

これは患者さんの為なのか、研究者としての矜持《きょうじ》なのか。さすが魔法薬師である。

「点眼薬と点耳薬は液状の物だけだ。投与のし易さから、液薬以外は不要だと考える」

「でも目に何か入れるのって怖くないですか？　ちょっとでも異物が入ったら、すごく痛いじゃないですか」

「治療するのに怖いなど言っていられないだろう。それに点眼薬は刺激のない液体だ。お前は涙で目が痛くなったことがあるのか？　だとしたら大変特異な体質なので、是非とも研究させてほしいものだ」

「なりません！　わたし普通の体でした！」

慌てて首を横に振る。

確かに馬鹿なことを言ってしまったが、なんて意地悪な御人なのだろうか。

そのうち雑用で研究室に出入りするようになったら、この部屋を徹底的に片付けてやる。そしてどこに何があるのかわからなくしてやる、と一人静かに復讐《ふくしゅう》を決意する。

この後もうしばらく授業は続き、やっとお開きとなった。ノートも頭の中も、知らない言葉で埋め尽くされている。これ以上何も入らない。

終わると同時に、わたしは逃げるように研究室を後にした。

そして細々とした用事を済ませ、一日の最後にお風呂《ふろ》に入る。昨日同様、乙女らしからぬ声が漏れてしまったのは仕方ないだろう。

ああ、慣れない勉強の疲れが、温かいお湯に溶け出していくようだ。

「それにしても、魔法ってつくづく便利よね」

この無駄に広い湯船だって、ものの数十秒でお湯を満たせるのだ。そしてこんな幸せな気分になれる。

ブライル様は食事だ甘味だ勉強だとうるさいけれど、惜しみなく魔法を使えるこの生活は意外に居心地は良い、かもしれない。そんなことを思いながら、幸せな温もりに肩まで身を沈めた。

第二章

気付いたのは、洗濯物を干している時だった。

「ん？」

おかしい。

何故か妙に視線を感じる。

しかも館の中ではなくて、外から。

「んんん？」

まただ。

わたしが振り向くと、当たり前だけれど、視線は立ち所に消える。

でも目の前の茂みが揺れているので、そこに隠れているのはバレバレなのだけれど。

何だろう、この見つけてくださいな感は。

こんなにもあからさまな監視に付き合う気もないので、その視線の元へ近づいていく。

「あのー誰ですかー？　そんなところにいると不審者に間違えられますよ」

「きゃ――――――!!」

その茂みの奥を覗《のぞ》き込むと、何故か悲鳴をあげられた。まるでわたしの方が不審者のようだ。

すると館を囲む茂みの至るところから、わらわらとたくさんの人が現れ、一目散に逃げ出した。

え、こんなにいたの？

わたしが声をかけた人も慌てて逃げようとしたので、そこは引っ捕まえておいた。申し訳ないが、あからさまな視線と逃げ遅れた自分を恨んでほしい。

青ざめた顔で小さく震える女の子。年はわたしと同じくらいだろうか。服装もわたしと同じような格好をしている。こげ茶の髪を肩まで伸ばした、大変可愛らしい娘さんだ。

しかし見た限りお貴族様ではなさそうなので、とりあえず厨房《ちゅうぼう》へお越しいただいた。

「それでわたしに何の用ですか？」

「…………」

女の子は震えたまま喋《しゃべ》らない。優しく声をかけたつもりなのに、そんなに怖いのだろうか。

「何故あんな大人数で、わたしを監視していたのでしょう」

「か、監視などではありません！」

お、喋った。

「では一体どういうつもりで？」

「……それは」

あらら、まただんまりだ。そんな言い難いことなのだろうか。

仕方ないのでお茶でも淹れよう。温かいものを飲むと、少しは落ち着くかもしれないし。

そしていつものようにポットに手をかざして、はたと気がついた。

問：わたしは今、何をしようとしているでしょう？
答：お湯を入れようとしている。（魔法で）

「ば、馬鹿かわたしは――――！」

思わず出てしまったツッコミに、女の子の肩がびくりと揺れる。

小動物のような怯《おび》えた目が、「どうしたの？」と尋ねてきた。あ、この子、悪い子じゃないみたい。

「い、いえ。すみませんが、お水を汲《く》んできてもらえませんか？　井戸はすぐそこなので」

「……は、はあ」

わかっている。貴女の言いたいことはわかっているから、そんな目で見ないでほしい。

何故厨房なのに水がないのか。水汲《みずく》みは朝一番の仕事なのに、何故まだしてないのか。それに何故自分が行かなければならないのか。

そういった疑問を貼り付けたまま、彼女は言う通りに動いてくれた。その隙にかまどへと走る。

そう、彼女に一度ここを離れてもらわなければ、湯を沸かす為の火も点けられないのだ。（魔法で）

「あの、汲んできましたけど……」

「ありがとうございます！　ささ、どうぞこちらに。今お茶を淹れますので」

何事もなかったかのように、彼女から水瓶を受け取る。

それにしても水汲みの際に逃げようと思えば逃げられたのに、そうはしなかった。やっぱり良い子なのだろう。

お茶も無事淹れられたので、改めて向かい合う。一口お茶を飲んで、彼女もやっと観念したようだ。

「じゃあもう一度伺います。あそこで何をしていたのですか？」

「……既にお察しでしょう。貴女を見ていたのです」

「まさか、あそこにいた人たち全員がわたしを？」

「……はい。お恥ずかしいことですが、皆様、噂を確かめたかったのだと思います」

噂？

わたしの？

「それはどういった噂でしょう」

ここに来て、まだそこまでの日数は経ってない。それに噂になるようなことは、何一つしてないけれど。

「ジルヴェスター・ブライル様とフェリクス・アルトマン様のお二人が……」

「まあ！　ご結婚でもなさるのですか？　二人共、とても仲がよろしいですしね」

「結婚？　いえ、噂ではお二人で一人の女性を囲っていると」

「は？」

囲う、囲う、囲う……。

頭が混乱していて、ちょっと処理が追いつかない。

「あのぉ、すみませんが囲うというのは……」

「女の口から申すのは憚《はばか》られるのですが……そういう意味です」

ですよね。

大人の意味ですよね。

「それでその女性というのが……」

「貴女です」

わ、わたしだと⁉

「いやいやいやいや待ってください！　そんな筈《はず》ないでしょう」

「ジルヴェスター様が貴女をいたく気に入り、無理やり連れて来たと」

「無理やり……かどうかはわかりませんが、気に入られてもいませんし、わたしは自分の意思でここにいます」

「それに、どこへ行くのもフェリクス様がエスコートしていると」

「最初だけです。それにフェリ様は女性ですよ？」

「いいえ、男性です」

きっぱりと断言された。

恐ろしいことに、男性だとわかっていても、脳が勝手にフェリ様を女性として判別している。しかし、それに関して何も支障はないので、このままにしておこう。

「とにかくわたしは、この研究所のお世話係として雇われただけですから」

「ええ貴女の仕事ぶりを見て、それは理解しました。おそらく他の皆様もそうでしょう」

誤解が解けたようでなによりだ。

そして彼女も白状したことで気を緩めたのか、わたしたちはしばしお喋りに興じた。

聞くところによると、彼女、アニエス・タルナートは、わたしと同じ十八歳だとわかった。そしてこれまた同じく、城に勤めるお貴族様に雇われているのだとか。

今日ここに来たのも、そのお貴族様に命令されてのことらしい。雇い主が噂好きだと大変だな。わたしの雇い主は甘味好きで大変だけど。

共通点が多いこともあって、彼女ともう少し話してみたいと思った。

「アニエス。わたしたち同い年ということだし、もう敬語はなしにしない？　貴女ともっと仲良くなりたいわ」

「……でもわたし、貴女に迷惑かけてしまったのに」

「大したことはしてないじゃない。わたしの仕事っぷりを見ていただけ。ダメかしら？」

「そ、そんなことないわ！　わたしで良ければ、喜んで」

「ふふ。ありがとう、嬉《うれ》しいわ」

「でも今日は本当にごめんなさいね、リリアナ」

「良いのよ、命令なら仕方ないわ」

そう言って笑顔を向けると、アニエスも初めて笑ってくれた。はにかんだ笑顔がとても可愛い。

そしてしばらく話した後、アニエスは仕事に戻ると言って帰っていった。

こうして新しい勤務地での、初めてのお友達ができたのである。


昼食の際、ブライル様とフェリ様に今回の噂と事の顛末《てんまつ》についてお話しすると、フェリ様は涙を浮かべるほど爆笑し、

「面白いからそのままにしておきましょう」

「お前の頭は腐っているのか？　何故私がフェリクスと結婚するなどという発想が出てくるのだ！」

ブライル様は反対に、眉根《まゆね》を寄せて憤慨していた。

「あら、リリアナちゃんを囲っていることについては、何も言わないのね」

直後、ブライル様が心底冷えた目でフェリ様を睨《にら》みつけたのだけれど、フェリ様には何の効果もなかったのでした。フェリ様、お強い。

「ふん、噂話など、いちいち相手にしていられるか。面倒臭い。二号、お前もくだらぬことを話してないで、おとなしく料理を作っていれば良いのだ」

まあ、ブライル様からすれば、わたしはただの飯炊き女ですからね。そんな者と、冗談でも噂になるなんて、飯炊き女側からすれば申し訳ない気持ちでいっぱいです。

案の定気分を害したのか、食事を終えたブライル様は、研究室へと戻っていった。なのでフェリ

様だけに食後のお茶を淹れる。

フェリ様は優雅にお茶を楽しみ、「やっぱりリリアナちゃんのお茶はホッとする味で美味しいわ」と、優しい笑顔付きで言ってくれた。わたしなんかにまで気を遣ってくれるフェリ様は、本当に素晴らしい女性だと思う。ブライル様には勿体《もったい》ないかもしれない。

「それにしても、噂一つで朝からあんなに大勢の人が押し寄せて……。何故皆さん、そんなにもフェリ様やブライル様の話に興味津々なのでしょう」

「まあそれはジルと私だから、かしらね」

フェリ様のおっしゃった意味がわからないわたしは、はて、と首を傾げた。

「ジルは若くして魔法薬研究所の責任者になったでしょう？　このまま順調に行けば、魔法局のトップにまで登りつめる可能性も大いにあるのよ」

魔法局というのは、魔憑きの研究をしているという例の組織のことらしい。正確には魔憑きの研究『も』している、だが。

魔法局は、この国に存在する魔法のすべてを司る機関であり、ブライル様率いる魔法薬研究所もその一部なのだとか。

「それに魔法局を辞めたとしても、家督を継げば、ブライル公爵として宰相や大臣あたりの役職に就かなきゃいけないから、どっちにしても将来有望なのよねぇ」

なんと！　ブライル様は公爵家の嫡男だったのです。

公爵といえば貴族の中でも一番上の階級だと、平民のわたしでさえ知っているくらいだ。あの美麗なる見目も相まって、さぞかし貴族のご令嬢からおモテになっていることだろう。

「では何故フェリ様まで？」

「あまり言いたくはないけど、私もそれなりの家の出身なのよ。もちろんジルの家程じゃないけど。それに私ってこんな格好してるから、変に目立つじゃない？」

「それは格好の問題ではなく、フェリ様が美しいからだと思います」

そうはっきり言えば、フェリ様が驚いたように目を見開いた。そんなにびっくりしなくても、フェリ様の美しさは疑いようもないことなのに。

「じゃあそんなお二人が女性を囲ったとなると、そりゃあ噂になりますよね」

「そうなのよ。昔からある事ない事噂されて……。ジルだって今でこそ気にしてないけど、最初の頃なんて本当にうんざりしてたわ。これも私たちが、独り身のままふらふらしているのがいけないのかしらね」

「ブライル様はともかく、フェリ様はまだお若いのだから問題ないのでは？」

わたしの言葉に、フェリ様が変な顔をする。

一般に平民女性の結婚適齢期は十八歳から二十歳過ぎ、男性はもう少し長くて十八歳から三十歳前くらいまでと言われている。貴族の方はもう少し早いのだろう。十五歳の成人を迎える前から婚姻を結ぶ場合もあると聞く。まあ、いずれにしてもブライル様はアウトだ。

「言ってなかったかしら。あのね、リリアナちゃんにはどう見えてるかわからないけど、私とジルって同い年なのよ？」

「えええええ⁉」

なんという衝撃の事実。

「フ、フェリ様、そんなに年を重ねてらっしゃるのですか⁉」

「あ、どう見えてたのか察したわ」

「そんな、フェリ様が……」

「リリアナちゃん、リリアナちゃん」

「フェリ様が、三十路……」

「私は三十路じゃないわよ」

「でもブライル様と同い年だって、今……」

「そうよ、だから私とジルは同い年で、今年で二十四歳なの」

「えええええええ⁉」

なんという衝撃の事実（二回目）。

いや、フェリ様は想定していた通りなのだけど、ブライル様が二十四歳だと？

見た目で三十路近くだと勝手に思っていたし、研究所の責任者を任されるくらいだから、もう少し行っててもおかしくないと考えていた。

それが二十四歳。結構若い部類に入るじゃないか。

貫禄《かんろく》があると言えば、少しは聞こえが良くなるかもしれない。だとしても三十路近くに見えることには変わりがないけれど。

うーん、あの無表情がいけないのではないだろうか。フェリ様のように、普段からにこやかにしていれば、年相応に見えなくもない……かもしれないのに。いやいや、本人からすれば余計なお世話だろう。

「でも噂が流れる度こんなことになるなんて、フェリ様もブライル様も大変ですね」

「それはもう慣れたからいいのよ。今回迷惑がかかったのはリリアナちゃんでしょう？　本当にごめんなさいね」

「いいえ、フェリ様が謝ることなんて何もありません。それに噂のおかげで、思いがけず友達もできましたし」

「ああ、さっき言っていたアニエスという娘ね」

アニエスとは、また近いうちに、お茶を飲みながらお喋《しゃべ》りする約束をしたのだ。嬉しそうに語るわたしに、「良かったわね」とフェリ様は優しく微笑んだ。

「フェリクス！　いつまで無駄話をしているのだ。いい加減仕事に戻れ」

「はいはい。上司がうるさいから戻りまーす」

「無駄話はいい加減にしろ」と、ブライル様がフェリ様を引き取りにきた。それに対してフェリ様は、「無駄話じゃなくて女子トークでーす」と反論している。女の子のお喋りは、いくら時間があっても足りないのに、どうやらブライル様には我慢ができなかったようだ。

それにしてもお二人は仲が良い。軽妙に軽口を叩《たた》き合う後ろ姿を眺めながら、そんなことを思った。

さて、わたしもお仕事しますか。

厨房《ちゆうぼう》に戻り、夕食の準備をしながら考える。

先日のデザート（砂糖衣のケーキ）に関して、ブライル様には本当に申し訳ないことをした。それに三十路近辺だと決めつけていた。本人には知られてないけど。

なので、その償いとまではいかないが、今日のお菓子は買わずに作りたいと思う。あの時わたしがお菓子を作れるか気にされていたようだし。

えーと、今ある材料で作るとなると、プディングが無難かしら。

フェリ様情報によると、プディングはブライル様もお好きみたいだし。失敗は少ないし。簡単だし。今から他の材料買いに行くのも面倒だし。ああ、本音と建前がポロポロと零れてしまう。特に本音が。

まず砂糖と水を鍋《なべ》に入れて火にかける。沸騰しても煮続けると、次第に焦げて茶色くなってくる。程良い色になってきたところで素早く火から下ろし、そこにお湯を加える。

「ぎゃっ！」

この時、高温になった鍋の中身が飛び散るので気を付けなければならない。といっても防ぎようはないのだけれど。

「ああ熱っ、熱！」

案の定、軽く火傷を負った。

まあしょうがない。これはカラメル作りには付きものなのだ。自作の氷水で火傷を冷やしながら、そんなことを思う。

でき上がったカラメルを型の底に敷き詰めて、卵液ができるまで放置する。うーん、甘くて香ばしい良い匂い。

次は別の鍋に牛乳と砂糖を入れ、砂糖が溶けるまで温める。本当は香り付けにバニラビーンズも入れたいところだけど、結構高いし、そもそも買ってきてもないので今回は省略する。

それを温《ぬる》いくらいまで冷まし、溶いておいた卵と混ぜ合わせるのだけれど、ここで泡立ててしまうとプディングに小さな気泡が入るので、ヘラなどでゆっくりと混ぜていく。

それを目の細かい布で何度か濾す。こうすることで口当たりが滑らかになり、口いっぱいにとろけるような甘さが広がるのだ。

そしてカラメルを敷いた容器に流し込み、水を張った天板に乗せてオーブンで蒸し焼きにする。

あとは氷水で冷やせば完成だ。

ほのかに黄色味を帯びた艶《つや》やかな表面が、ぷるんと震える。

お、おいしそうじゃないか！

溢《あふ》れそうになる唾液《だえき》を、慌てて飲み込んだ。

そして夕食後、お二人の前にふるふると揺れるプディングをお出しする。

どうだと言わんばかりにブライル様を見れば、やはり眉《まゆ》がピクリと反応した。

ふふふ。喜んでる、喜んでる。

「二号、最近の城下では、こんな物まで冷やして売っているのか？」

「いえ、今日はわたしが作らせてもらいました」

「お前が？」

「はい、お好きだと伺ったので」

「まあ嫌いではないな」

一口食べたブライル様の眉が素晴らしく動いたのは言うまでもない。

しかも「これから時々作るように」と、注文までしてくれたのだ。

表情からは気付き難いが、どうやらブライル様もご機嫌な様子。フェリ様もそんなブライル様を見て、ニコニコしている。やったね。

あーあ。これで毎夜の勉強会がなければ、皆が幸せになるのに。

第三章

　その日ブライル様は、「夕食までには戻る」と言って、午前中から出かけて行った。しかし、その時の顔が、やけに浮かないのが気になった。

「どうしたのでしょうね、ブライル様」

「ああー……、今日は半年に一度の定例会議だから」

　ブライル様がいないので、昼食は二人分用意するだけで良い。まあ一人二人増えたり減ったりしても、たいして手間は変わらないが。

　フェリ様の昼食を準備していると、「一人で食べるのは寂しいから、一緒に食べましょう」と、誘われた。ブライル様もいないことだし、お言葉に甘えてご一緒させてもらう。

「定例会議というのは、そんなに嫌なものなのですか？」

　具がたっぷりのサンドウィッチを頬張りながら尋ねる。

「別に大層なことはしてないわ。各部署の責任者が集まって、自分のところの実績をひけらかしたり、他の部署を中傷して足を引っ張り合ったりするだけよ。一日かけてね」

「そんなところにブライル様は出席なさっているのですか」

「ええ、本来は報告と意見交換をする場なんだけど。ジルは研究所の業務報告をするだけで、あとは延々とその下らないやり取りを聞いてるのよ」

「うわー、それは悲惨ですねぇ」

想像しただけで、ブライル様の不憫《ふびん》さに同情してしまう。

あの人のことだから、そんな無駄な時間があるなら研究室に籠《こも》りたい筈《はず》だ。

「しかもジルって責任者の中だと、ずば抜けて若いのよ。だからいろいろ言ってくる人もいてね、結構鬱陶《うっとう》しいの」

「この青二才が、的なやつですか？」

「そうそう。それに公爵家の名があってこその出世だとか難癖つけてきたり」

「へぇー」

「上級貴族でも実力がなければある程度までしか出世しないし、実力のある下級貴族はそれなりに出世するわ。じゃあ実力のある上級貴族はどうなると思う？」

「めちゃくちゃ出世します！」

「そういうこと。城の中じゃ、それが真理なのよ。ジルが今の役職に就いたのは、その時に上がった候補の中で、誰よりも有能で家柄が良かったからだってことを、理解したがらない連中がいるのよね。自分たちも同じようなものなのに」

それはそうだろう。その人たちが出世した時だって、選考基準は変わっていない筈だ。

それなのに、そのことを忘れて、人の足を引っ張ろうとするなんて勝手過ぎる。

「まあ、ジルの性格だから、何を言われても応戦はしないだろうけど……」

フェリ様は心配そうに、ブライル様がいるであろう方向を見遣った。

思っていたより早い時間に、ブライル様は帰ってきた。

そしてそのまま研究室に直行すると思いきや、何故か厨房に現れた。

しかもわたし専用の椅子に腰を下ろして、ぐったりとしている。

「どうかなさいましたか？　ご気分でも悪いとか？」

「……気分は、良くはない」

「あらら、風邪でも召されました？」

「そうではない。少し疲れただけだ」

ため息を吐くブライル様。何だかやけに弱々しくて、いつもの彼らしくない。

どうやら一歩も動きたくないようで、頬杖《ほおづえ》をついたまま微動だにしない。

「しばらくここにいて良いか？」

「それは構いませんけど……」

本当にどうしたのだろう。会議で嫌なことを言われたのだろうか。

気にしながらも、夕食作りに精を出していると、後ろからブライル様の視線を感じる。

「二号、今日の昼食は何だったんだ？」

「昼食ですか？　今日は昨日の夕食に出した鶏肉のロティをチーズと一緒にサンドウィッチにしました。それとアスパラとベーコンのスープです」

「鶏肉とチーズのサンドウィッチ……、アスパラとベーコンのスープ……」

「すみませんね、いつも簡単な料理で。ブライル様はそれより全然良い物を食べてらっしゃるじゃないですか。お城で食事をとられたのでしょう？」

フェリ様情報によると、城の料理人が会議用にと特別に作ってくれるらしいのだ。なんと羨《うらや》ましいことか。それなのに、ブライル様の表情は、まったく冴《さ》えない。

「旨くなかった」

「はい？」

「まったく旨くなかった。お前の料理の方が百倍マシだ」

「それは……ありがとうございます」

城で料理人をしているくらいだから、腕は確かな筈だけど。

これはもしかして褒められているのかな？　いや、食べた環境が悪かったのだろう。

「ブライル様、もしかして何かあったのですか？」

「何もない」

「そんな顔で言われても、信憑性《しんぴょうせい》がまったくないのですが」

「顔もいつもと変わりない」

「確かにいつも通り、お綺麗《きれい》な顔面ですけど」

「顔面……」

「会議で何かあったのでしょう？」

じゃないと、そんな不貞腐れた顔をするわけがないじゃないですか。

問い詰めるように切れ長の目を見つめると、居心地が悪そうに少しだけ目を逸らした。

ああ、やっぱり。

「ふん、女を囲う暇があるなら、早々に結婚しろと言われたのだ」

「さては例の噂話ですね。それがお偉いさんの集まる会議にまで広まっているのですか？」

「ああ、実にくだらん」

「フェリ様にも教えてもらったのですが、定例会議というのはそんなに暇なのですか？　半年に一度なら話し合わなければならない大事なことはたくさんあるでしょうに」

「定例化しているからこそ、ある意味形だけになってしまったのだろう。一部のお偉方も、私の足を引っ張ることに躍起になっている節がある。女を囲う、しかも城内で囲っているとなれば、上からの心証は悪くなるだろうからな」

「それは……申し訳ございません。わたしのせいで」

「何故お前が謝る必要があるのだ。前も言ったであろう、くだらぬと。私は気にもしていない」

その言葉に嘘はないのだろうけど、こうしてわたしを匿っていることでブライル様に迷惑がかかるのは嫌だ。

「だがな、このことをお前が不快に思い、ここを辞めると言うのなら、考えてやらないこともない」

「はい？　何故そこでわたしが辞める話になるのです？」

「嫁入り前の娘にそんな噂が立つのは、いろいろとマズいではないか。お前にも今後結婚話が出て来るだろう?」

えーと、先日の噂がわたしの結婚に影響するかもしれないから、嫌なら辞めて良いよってことですか? そんなことまで貴方が考える必要はないのですけどね。

「ブライル様はわたしが結婚できるとお思いですか?」

「それは、しようと思えばいくらでも相手は出て来るのではないか。お前の作る料理はなかなかだからな」

何だそれ。わたしの売りはそれだけなのだろうか。女というより、人として自信をなくすのだけれど。

そんなことより、ブライル様の結婚する基準って、料理の腕が最初に来るのですか? ブライル様は貴族のご令嬢と結婚なさるのだから、相手はそもそも料理なんてしないのでは?

「わたしは結婚しませんよ。だって家の中でまで魔憑きのこと隠して生活しなきゃいけないですし、もし世間に知られでもしたら、相手に迷惑がかかりますから」

「魔憑きが理由で、結婚は諦《あきら》めているのか?」

「諦めているというか、初めからできるとは考えてなかったのですけれど」

自分が魔憑きだとわかって、そのことで散々差別を受けてきたし、親にまで嫌な思いをさせてしまった。下手に結婚なんかしてしまうと、もう一人巻き込むことになってしまうのだ。そんな恐ろしい真似、しようとも思わない。

そりゃあ子供の頃は、お嫁さんというものに憧《あこが》れたこともあった。お姫様が着るようなヒラヒラのドレスを身に纏《まと》い、王子様のように格好いい人と結婚式を挙げるのだと。

だけど魔憑きという現実を知ってからは、そんな夢みたいなこと考えることもしなくなった。

「結婚もせず、炊事洗濯に勤しむ。まるで修道女だな」

「いえいえ。修道女よりは、よほど良い物を食べさせていただいています」

残り物とはいえ、ブライル様たちと殆《ほとん》ど同じ物を食べさせてもらっているのだ。これまででは考えられない贅沢《ぜいたく》である。

「そういえば、お前はいつもどこで食事をとっているのだ？」

「え、ブライル様の場所ですけど」

「私の？」

「ブライル様が今座られている場所です」

そう言って、彼が陣取っている一人用のテーブルと椅子を指せば、信じられないとばかりに目を見開いた。

「こんなところで……。修道女でももっとマシな場所で食べているぞ」

「貴族の召使いはこんなものじゃないのですか？」

「お前は召使いではないだろう。それに私の家の者たちは、ちゃんとしたテーブルに着いている」

「そうなのですか？　でもわたしは一人なのでここで充分です」

空いた時間にパパッと食べるくらいなので、実際どんなところでも良いのだ。星屑《ほしくず》亭で働いていた時なんて、忙し過ぎて立って食べることもあった。

そういう意味だったのだけど、ブライル様は何を勘違いしたのか、厄介なことを命令してきた。

「では今日から、お前も私たちと一緒に食べろ」

嫌です！


あっという間に夕食の時間になり、わたしはテーブルの前で困り果てていた。

「どうした。早く座れ」

勘弁してください、ブライル様。

「そうよ、リリアナちゃん。昼間は一緒に食べてくれたじゃない」

フェリ様まで、そんなことおっしゃらないでください。

「そ、それはブライル様がいらっしゃらなかったし、女子会みたいで楽しそうだったから……」

「私が良いと言っているのだ」

でもでも、といつまでも尻込《しりご》みしていたら、ブライル様に腕を掴《つか》まれ、無理やり座らされた。

お貴族様に囲まれて食事だなんて、親が知ったら卒倒するかもしれない。

「ふふ、やっぱり可愛い女の子と一緒に食べる食事って素敵ね。いつもはこの無愛想な男と二人なんだもの」

「悪かったな。私もお前となど、飽々《あきあき》していたところだ」

「もう少し愛想良くできないのかしら。ね、ジル、ちょっと笑ってみてくれない？」

「断る。何故お前なんぞに、ヘラヘラ笑いかけねばならないのだ」

お祈りを済ませたテーブルに、聞き慣れた軽口が飛び交う。それを横目に、おずおずとスープに手を付ける。

こんな状況で食事なんかしても、味なんてわからないし、食べている気がしないだろう。そんな気がする。しかしわたしの舌や胃は、思いの外丈夫だったらしい。

萎縮《いしゅく》しないよう、適度にフェリ様から話題を振られ、その答えに時々ブライル様が反応する。二人の気遣いに緊張は少しずつほぐれ、食事も楽しめるようになってきた。

本日のメニューは、ビーツとじゃがいものスープにビーツといんげん豆のサラダ。

今日はビーツが安かったので、サラダとスープの両方に使ってみた。だけど生と火を通したものじゃ、味も食感も違うから、それぞれに楽しめる。

そして主菜の豚肉のエール煮はとても柔らかく、こっくりとした味がたまらない。エールどころかまだワインも飲んだことないけれど、料理に使えばこんなに素敵な味になるのだから、お酒って素晴らしいものに違いない。

食事も終わり、デザートの焼き菓子を摘みながらまったりしていると、

「リリアナちゃん、今の生活で何か不自由はないかしら?」

突然フェリ様がそんなことを言い出した。

不自由?　はて?

「遠慮なく言ってちょうだい。こんなに頑張ってるリリアナちゃんのお願いなら、何だって叶《かな》えて

あげるから、ジルが」

「おい、何故私だ」

いきなり名指しされたブライル様が、解せないという顔でフェリ様を睨《にら》む。

「えーと、充分気持ち良く働けていますけど。そうですね、強いて挙げるなら……」

「二号、お前も簡単に答えるな」

「え、でもこれがあれば、きっとブライル様も喜ばれると思うのですけど」

「私が？　何だ、転移魔法か？」

「違いますよ。というか、そんなもの実際にあるのですか？」

「ないから言っているのだ。それがあれば何日もかかる素材採取が短時間で終わる」

「それは素晴らしいですね。城下への買い物も一瞬で行けますし」

「城下の美味しいレストランまでも一瞬ね」

「素敵ー」と、フェリ様と手を合わせる。そんなわたしたちを、冷めた目で見るブライル様。

「城下などすぐそこではないか。それでお前は何が欲しいのだ」

「あのですね……、食材を冷却する物が欲しいのです」

「冷却？　そんなこと魔法でできるだろう。現にいつもやっているではないか」

そう。サラダや冷たいスープを作る際、魔法で氷水を生成し冷やす。だけどそれはボウルや革袋に食材を入れ、下から氷水を当てて冷やすだけなのだ。

それも大事だけれど、今言っているのは上から下から斜めからと全体的に、且つ継続的に冷やしてくれるものだ。

「でもそれって、氷が溶けたら終わりですよね。そういうことじゃなくて、わたしがいなくても冷やし続けてくれるものです。そうすれば食材の保存もできますし、何よりお菓子作りにすごく役立ちます」

「……何だと？」

ブライル様の目の色が変わった。

「牛乳やバターなど、お菓子作りに必要な食材も保存できます。プディングやババロアなんかも大量に作れます。それにもっと温度を下げることができれば、氷菓子も夢ではありません」

「氷菓子……だと？」

ブライル様の目の輝きが変わった。

「なのでそういう夢のような物があれば良いなぁと」

「ふむ」

氷室という手もあるが、残念ながらこの屋敷には備え付けられてない。貯蔵庫を氷室に、と考えたこともあるが、中には冷やしてはいけない食材もあるし、何より貯蔵庫を覆う程の氷を、魔法をもってしても作り出せるとは思わない。

これ以上は、わたし程度の知恵では思いつかないので、可能性は低いとわかりつつ、ブライル様にお願いしてみたのだ。

しかし唸《うな》るばかりで、彼の首は横には動かない。

「ま、まさかそんな方法があるのですか？」

「まあ手段が無いこともない」

「本当ですか？　やった！」

「しかし、かなりの金がかかるがな」

喜んだのも束の間、期待は一瞬で摘み取られる。

やっぱりそうかー。世の中お金かぁー。そう自棄《やけ》になってもおかしくない。

「ちなみにですが、おいくらほど？」

「そうだな。お前の給金だと二年分くらいか」

「わぁー……」

突き付けられた現実は、やはりそんなに甘くないのでした。

でもブライル様は氷菓子の魅力に取《と》り憑《つ》かれたのか、まだ何か考えている様子。そんな彼をわたしたちは肩を竦《すく》めて眺めた。

「ところでジル、会議は無事に終わったの？」

「いつも通りだ」

その言葉に、フェリ様は眉《まゆ》を顰《ひそ》める。

「まさか、また無茶な注文ぶつけられたの？」

「それもいつも通りだ。傷液薬を五百用意しろと言ってきた」

「五百⁉　そんなにたくさん何に使うのよ⁉」

「騎士団から、近いうちに遠征があると報告があったらしい」

騎士団は、魔物討伐などで時々遠征に出るのだとか。戦闘になる以上、魔法薬は予備も含めて大量に持っていかなければならない。

それを用意するのが、ここ魔法薬研究所なのだ。

「でも五百だなんて、どう考えても素材が足りないわ」

「そうだな。今から採取依頼を出しても、引き受けてはもらえないだろう」

その採取依頼を出すのは、他ならぬ騎士団だ。しかしその騎士団も遠征準備でそれどころではない。

そんな大事なことを何故黙っていたのかと、フェリ様は食ってかかった。反対にブライル様は、早く言ったところで現実は何も変わらないと、呑気《のんき》にお茶を啜《すす》っている。

「ああ、もう、本当にどうしたら良いの……」

解決策が見つからないフェリ様は、ついに頭を抱えてしまった。

お優しいフェリ様が、こんなにも苦しんでいる姿を見るのが辛い。ああ何か一つでも、わたしにできることがあれば良いのに。

部外者のわたしまで沈痛な面持ちになっていると、一人だけ飄々《ひょうひょう》としたブライル様が、いつもの無表情で言い放った。

「安心しろ、策はある。私が採取に向かおう」

一瞬、彼の言った意味を理解できなかった。しかし、その問題点にいち早く気付いたフェリ様が声を荒らげる。

「何馬鹿なこと言ってるのよ、ジル！　貴方がいなくなってどうするの！」

こと魔法薬に関しては、責任者のブライル様が研究所の中で一番手慣れている。なので彼がいるのといないのとでは作れる薬の数に大きく差が出るらしい。

そんな彼が調合ではなく採取に向かうとなれば、依頼達成は絶望的である。

「クリスが帰ってくれれば、多少は素材の補充もできる。当面の備蓄は賄えるだろう。あと数日で帰還する旨の連絡もあったことだし。だから私が出ている間は、お前たち二人が寝る間も惜しんで死ぬ気で作業すれば良い」

「寝る間も惜しんで作れ」なんて、素晴らしく鬼畜な発言。

ちなみに『クリス』というのは、例の一番弟子らしい。帰還の連絡があったのなら、お会いする日も近いだろう。

「でも貴方一人で行くなんて……」

「大丈夫だ。今回はこいつを連れて行く」

そう言ってブライル様が指を差したのは、

「…………は？」

わたしだった。

「え、連れて行くって、まさかリリアナちゃんを!?　ちょっと待ってジル、それこそ本気で言ってるの!?」

フェリ様の驚いた表情を見ても、いまいち状況が理解できてない。

えーと、誰をどこに連れていくですって？

「ああ、本気だとも。そうすれば食事の心配がない。こいつがいなくても、お前らは適当に食べれば良いだろう？」

さすがブライル様。こんな時でも食事が大事ですか。

「そんなことを心配してるんじゃないわ」と、フェリ様が噛《か》み付く。

「素材が採れる場所には魔物がいるのよ！」

「ままま魔物⁉」

「フン、それくらい私一人でどうとでもなる。それに同行することは、二号の願いを叶えることにも繋《つな》がるのだ」

え、それってどういうことですか？　もう少し詳しく！

「冷却装置が欲しいのだろう。金がかかると言ったが、それはお前のような者が手に入れようとした場合だ。では何故そんなに金がかかると思う」

「えーと材料が高いから、ですか？」

「そうではない」と、首を振られる。

「材料自体にそれほど価値はない。ただそれを取りに行くのに、護衛が必要だからだ。お前のように戦う手段のない者はな」

「戦う？」

「今聞いたであろう。魔物がいるからだ」

「やっぱり魔物！」

冷却装置は欲しい。でも危険な目に遭うのは嫌だ。

ブライル様の言った通り、護衛を雇えば良いだけの話かもしれないが、わたしには雇えるだけのお金がない。

ああ、一体どうすればいいのか。

「今回赴く採取地は、偶然にもその大型の魔物がいる場所だ。同行すれば、無料で冷却装置の材料が手に入るぞ」

「だ、だったらブライル様が取ってきてくれれば良いじゃないですかー！」

「そうしてやりたいのは山々だが、こればかりはお前が来なければ意味がない」

「ジル、まさかその材料って……」

「ああ、魔石だ」

魔石って……。そういえば、小さい頃お伽話《とぎばなし》で聞いたことがある。確か、魔物の中に存在するっていう宝石。

「そんな物、本当にあるのですね。見たことありません」

「魔石は基本的に市場では取り引きされていない。使い道が限られているからな」

「使い道とは？」

「魔石は最初に魔力を注いだ者しか使えない。しかも魔物を倒し、そのまま誰の魔力も注がなければ数分後には消えてしまう」

「消えてなくなるのですか？」

そうか、だから魔石を欲している本人が行かなければならないのだ。

注いだ魔力がなくなっても、また注ぎ直せば問題ない。ただし注がなければ、これまた消えてしまうらしい。

魔石、中々面倒くさい代物だ。

「ではブライル様の魔力を込めた魔石で作ればいいのでは？」

素晴らしい発案をしたのに、ブライル様の表情は変わらない。

「それでも良いが、私が任務でここを離れている間に魔力が尽きれば、途端に冷却装置の機能は切れる」

「うう……」

それはマズい。そんなことになれば食材が傷んでしまう。

うーん、これはやっぱりわたしが行かなければならない案件なのだろうか。その際、身の安全は誰が保証してくれるのか。

「この場合、ブライル様が護衛の代わりをしてくれるわけですよね？　大変失礼なことをお聞きしますが、ブライル様はその魔物を倒せるのですか？」

「ああ、ドラゴンやヒュドラでない限り、不覚はとらないだろう」

じゃあそのドラゴンやヒュドラに出会ったらどうするのだろうと思ったが、そんな貴重種は地の果てにしかいないとも聞く。

それに学生の頃、ブライル様は魔法はおろか、剣術でも学園一の実力を誇っていたとか。しかも騎士団の魔物討伐に無理やり同行させられ、バジリスクやキマイラの群れなどを共に一掃したらしい。

フェリ様が嫌々ながらも頷《うなず》いたので、本当のことなのだろう。

では何か問題があるだろうか。いやない。

「わかりました。わたしも行きます」

きっぱり宣言すると、やはりフェリ様は顔を歪《ゆが》めた。

「リリアナちゃん⁉　ダメよ、危険過ぎるわ！」

「落ち着け、フェリクス。魔物避けも持っていくし、万が一怪我でもしたら、それこそ傷液薬を使えば良い」

「でも、でも……っ」

心配してくれるのはとても嬉《うれ》しいけど、こんな機会は今後ないかもしれない。なのでわたしは、ブライル様の案に乗ることに決めた。

魔石が欲しいわたしと、道中もきちんと食事がしたいブライル様。これはどちらにも得があるのだ。

「大丈夫ですよ、フェリ様。ブライル様が守ってくれます」

「リリアナちゃん……」

「それに冷却装置を作って、フェリ様にも氷菓子を召し上がってもらいたいです」

「リリアナちゃあああん！」

ブライル様がおっしゃるには、採取場所は王都から馬車で二日。採取に丸一日かかるので、全五日の行程になるということだ。

涙目のフェリ様を何とか説得したわたしは、早速旅の準備に取り掛かることにした。

◇
◆
◇

出発はクリスさんという人が戻ってきてからになるので、二、三日は猶予があるらしい。その間に準備をするのだけど、それと同時に魔法薬の勉強も進めなければならない。

魔石に魔力を注ぐには、ちょっとしたコツというか練習が必要なのだとか。せっかく魔物を倒して魔石が出ても、わたしが失敗すれば元も子もない。

なので魔法薬を作る作業をしながら、魔力を操る練習をすることになった。

「ではまず、私が作るところを見ていろ」

ブライル様が取り出したのはクタの実とレスタの実。先日習った、傷塗り薬の材料だ。初めて見たことを伝えれば、魔素の濃い地域にしか自生しないと教えられた。

それをゴリゴリとすり潰《つぶ》し、精霊水に浸して成分を移す。それを丁寧に濾し、ブルーシアの油と蜜蝋《みつろう》を溶かしたものに混ぜるのだが、その時に精霊水の方に魔力を注ぎながら混ぜるのだ。

ブライル様は慣れた手つきで行っているけど、これが案外難しい。

いつも使っている魔法は、頭に思い浮かべて、掌に魔力を込めれば良いだけなのだが、魔法薬を作るには指先から細い糸を出すような感覚が必要なのだ。

魔力を注ぐのは混ぜる時なので、それができなければ材料が無駄になってしまう。

だから今回は、傷液薬ではなく、在庫に余裕のある塗り薬の方で練習するのだ。

しかし、もう何度目の挑戦か覚えてない。

「あ、ああ――……、ダメだ」

「ほう、また失敗か」

ブライル様に教わった通り、細く細く出そうとしているのに、いつものようにぽわんと丸くなってしまう。何故だ。

少量ずつ試しているので、材料はさほど無駄になってないけれど、その前に魔力と集中力が切れてしまうかもしれない。

しかもわたしを見るブライル様の視線が冷た過ぎて、心が折れそうになる。

「ではもう一度だ。ちゃんと細い糸を想像しろ」

「していますよ。でも何故か丸くなるのです」

「お前の想像力が足りないせいだろう」

「ひどい！」

「ひどくない。こんなこと、学園に入学したばかりの子供が習うことだ」

「わたしは習っていません」

「だから今教えているだろう。細かい魔力操作ができるのだ。これくらい造作ない筈《はず》だ」

「そんな無茶な……」

横暴にもほどがある。貴族の皆さまとは違い、わたしは魔法の「ま」の字も習ったことがないのだ。使える魔法は自己流以外の何物でもない。でもこれができなければ、冷却装置は夢のまた夢なのだから頑張るしかない。

でもどうして細くならないのだろう。じっと指先を見てみるが、何もわからない。

「ブライル様は最初に習った時からできたのですか？」

「当然であろう。学園で習う前から習得していた」

「へぇえええ。良いなぁ、すごいなぁ。やっぱり出来の良い人は違うんですねぇ」

「馬鹿なことを言ってないで、さっさとやれ」

溜《た》め息《いき》を吐いたブライル様に、おでこをピンと弾かれた。痛いです師匠。

まあブライル様は特別優秀なのだろう。貴族だし、魔法は日常だっただろう。小さな頃から魔力を操る訓練をしていたのかもしれない。

その点、わたしは魔力を隠して生きてきた。子供の頃は、魔法というものが面白くて、家の中だけだけれど色々使ってみたりした。しかしそれを見る母親が、あまりいい顔をしなかったから、次第に魔法を使うことをしなくなった。それ以来意識して使うようになったのは、王都に出てきてからだ。なのでこんな短時間にできる筈がない。

「わーん、やっぱりダメだったー！」

「泣くな、馬鹿者」

遅くまで続いた勉強会だが、その日のうちに成功することはなかった。


翌日は朝から買い出しに行く。

市場は相変わらずの活気だ。その中を上手にすり抜け、いつもお世話になっているお店に向かう。そこは新鮮な野菜を扱っていて、しかも結構お安いのだ。庶民の味方である。

「おはよう、おじさん」

「おう嬢ちゃん、どうした今日はやけに早いな！」

「それが数日王都を離れることになっちゃって」

「へぇ、そりゃまたいきなりだな」

顔見知りのおじさんに、野営することを伝えれば、日持ちのする物をいくつか勧められた。葉物は傷みやすいので、芋や根菜を中心に。

わたしだけなら干し肉とパンだけでも平気だけれど、ブライル様が一緒ならそういうわけにはいかない。何しろわたしを連れていく理由が、「まともな食事」なのだから。

予定では五日なのだけれど、ある程度余分に買っておく。本当に五日で終わるのかわからないし、何か予期せぬでき事が起こるかもしれない。備えあれば憂いなしだ。

それに調理器具なども持っていく為、結構な大荷物になってしまう。

だが今回の移動は、幌馬車《ほろばしゃ》を使うと聞いているので安心だ。貴族が幌馬車を使うことには違和感を覚えるが、ブライル様が気にならないのなら問題はないのだろう。なにせ大量の素材を積み込まなければならないのだから。

他にも何軒か回って、研究所に戻ることにした。


その帰り道。城に入って少し行った所で、小走りのアニエスを見つけた。

「まあ、偶然ね。アニエス」

「リリアナ！」

アニエスは両手に書類を抱えていた。彼女も仕事の途中なのだろう。

「ごめんなさい、忙しいのに声をかけちゃって」

「構わないわ。貴女は買い物の帰りかしら？」

「ええ、そうなの。保存食とか、急に入り用になっちゃって」

そう答えれば、アニエスの表情がわずかに曇ったように見えた。

わたしの口から、保存食が入り用と聞けば、魔法薬研究所の誰かが旅に出るのは明白だ。そして魔法薬研究所の旅といえば、ほとんどが薬の素材採取を目的としている。そうだとすれば、魔物と遭遇する可能性がぐんと上がる。不安な感情を募らせて当然だ。

しかしあまり長く引き留めても申し訳ない。

「じゃあ、今度ゆっくり……」

お茶でも、と言いかけたところで、

「お前たち、邪魔よ！」

「さっさとそこをどきなさい！」

高圧的な声が、わたしの言葉を遮った。

誰？

見ると、豪華なドレスを身に纏《まと》った令嬢が三人、こちらを睨《にら》んでいた。

わたしたちはなにも道のど真ん中で屯《たむろ》しているわけではない。向こうが少し避けて通れば済む話なのだが、彼女たちにその選択肢はないのだろう。しかし身なりの良いことから、明らかに平民ではないことが窺《うかが》える。ならば道を空けるのは私たちの方だ。

その令嬢軍団の姿を見たアニエスが、わたしにだけ聞こえるように囁《ささや》く。

「リリアナ、頭を下げて。伯爵家のご令嬢よ」

「伯爵家⁉」

それを聞き、慌てて頭を下げた。

伯爵家といえば、ブライル様の公爵家には足元にも及ばないものの、貴族の中ではそれなりに位が高い。それは何故か。上位の公爵家と侯爵家の数が、下位の爵位と比べ、圧倒的に少ないからだ。なので侯爵家に次ぐ爵位である伯爵家は、なかなかの権力を持っていると言ってもいいだろう。まあ、それも領地の規模や国への貢献度で、大きく違ってくるらしいが。

それにしても、伯爵家のご令嬢というのはここまで偉そうなのか。そしてわたしの想像していた貴族像が、まさしくこれである。そうなればブライル様やフェリ様（アルトマン家の爵位は知らないけれど）のわたしに対する態度は、かなり緩いのではないだろうか。あれで大丈夫なのか、些《いささ》か不安になってくる。

そして道を空けたわたしたちの前を、令嬢軍団が通り過ぎようとする。そのまま行ってくればいいのに、令嬢軍団の先頭がわたしの前で立ち止まった。

はて？

「そこのお前、まさかジルヴェスター様のところの使用人ではなくて？」

まさか話し掛けられるなどとは思ってもみなかった。しかも何故か雇われ先まで把握されている。

「はい、ジルヴェスター・ブライル様に雇われております、リリアナ・フローエと申します」

「ふぅん、お前がそうなの」

ご令嬢は、ジロジロと値踏みでもするかのように見てくる。何だか、市場の野菜にでもなった気分だ。

「それで、どうやって取り入ったのかしら」

「は？」

「お前のような者が、どういう方法でジルヴェスター様に取り入ったかを訊《き》いているの。あの方の耳元で甘えた声のひとつでも鳴いてみたの？」

せせら笑うように言われてピンときた。おそらく彼女たちは、ブライル様を狙っているご令嬢の一部ではないだろうか。

「そうですわ。殿方が食指を動かしそうな色気はないけれど、科《しな》を作ってすり寄れば、万が一にも惑わされるかもしれませんもの」

「あの方が何の理由もなく、卑しい身分の人間を、傍に置くわけがないでしょう？」

「そう言われましても、取り入っても、すり寄ってもおりませんし」

「まあ！　平民が口答えをするつもり？」

「そんなつもりはありません。ですが、間違ったことを肯定はできませんので」

ブライル様の下で働くことになったのは、もちろん魔憑きのことがきっかけになったのだけれど、そもそも彼がわたしを雇うことにしたのは料理人と他の家事や雑務を熟《こな》す人間が欲しかったからである。そこに魔憑きの問題を抱えた、しかもその仕事をすべて一人で賄えるわたしが現れたものだから、これ幸いと引き入れたに過ぎない。

本来ならば、複数人必要なところ、わたし一人しか雇ってない。それに給金を五倍払うと言っても、その元々の給金が少なかったのだから、実際は安く済んでいるに違いない。

あれ？　そう考えれば、わたしってかなりお買い得なのではないだろうか。

だけどこんな内情を、このご令嬢たちに説明する謂《いわ》れはない。彼女たちの言葉は、わたしを蔑《さげす》んだのと同時に、ブライル様を侮辱したのだ。

「色香に惑わされたとの噂が立っていると知れば、ブライル様はさぞかし悲しまれると思っただけでございます」

「そんな浅ましい噂が立っているわけないじゃないの！」

「では、皆さまだけがそう思っていると？」

「そ、そんなこと思っていないわ！」

「お前、本当に無礼だわ。わたくしたちに向かって、そんな口をきいてもいいと思っていて？」

先頭の令嬢の口元を覆っていた扇子が、パチリと閉じられる。いよいよご令嬢の怒りに触れてしまったのだろうか。そんな只《ただ》ならぬ雰囲気に、アニエスが慌てて割って入る。

「お待ちください、ベルティルデ様！　この者は城内で働き出してまだ日が浅く、皆さまのことも良くわかってないのでございます」

アニエスの必死の取り成しに、ベルティルデと呼ばれた女性は、わたしから視線を外した。

「あら、誰かと思えばアニエスではないの。貴女、こんな所でなにをしてらっしゃるのかしら」

「わ、わたくしは仕事の途中でございます」

「まあ、仕事ですって？　下働きのようなことしかしていないのに大層なこと」

「でも立派なことよ。家が貧乏だと、貴女みたいにあくせく働くのが普通なのでしょう？」

「わたくしたちには、とても耐えられませんわ。のんびりと行儀見習いをするのがやっとよ」

令嬢たちの嘲笑《ちょうしょう》混じりの言葉に、アニエスは唇を噛《か》み締《し》めている。わたしに対する苛立《いらだ》ちを、隣りのアニエスにぶつけて憂さ晴らしをするなんて、趣味が悪過ぎる。

そんなアニエスの様子を見て、令嬢たちは満足そうに鼻を鳴らした。

「フン、貧乏人になると、こんな女としか付き合えないのね」

「ベルティルデ様、もう行きましょう。いつまでもこんな者といれば、わたくしたちまで平民臭くなってしまいますわ」

「まあ、おぞましい！」

最後まで強気な高笑いを響かせながら令嬢軍団は去って行った。わたしたちは頭を下げたままそれを見送る。そして姿が見えなくなると、ようやく安堵《あんど》の息を吐いた。

「アニエス、大丈夫？」

「ええ、わたしは何も。それよりリリアナ。貴女、ベルティルデ様たちに向かって、あんなこと言うなんて！」

「ごめんなさい、わたしも反省しているわ。だけどブライル様があんな風に言われて、ちょっと我慢ができなかったの」

「その気持ちはわかるけど、ああいう貴族に逆らってはいけないわ。もしかしたら、罰が与えられていたかもしれないもの」

「そうね、気を付ける。でもわたしが反論したせいで、アニエスにまで嫌な思いをさせたわ。あんな酷いこと……」

「わたしはいいのよ。いつものことだし、貧乏だって事実だもの」

何も気にしてはいないと言わんばかりに、アニエスは微笑む。けれどあんなにも悔しそうにしていたではないか。

「アニエス、本当にごめんなさい……」

わたしが感情に走ってしまったばかりに、アニエスを傷つけてしまった。それに今回は運良くこれだけで済んだけれど、アニエスの言うとおり、罰が与えられていたかもしれない。彼女を巻き込んでしまう可能性だってあったのだ。

自分の身勝手さに落ち込んだわたしを見て、アニエスは「気にしないで」と言い残して仕事に戻っていった。そう言われても、気にしないことなどできない。

悶々《もんもん》とした気分のまま、肩を落とし、とぼとぼと屋敷に戻った。ああ、今から食材を仕込んで、旅に必要な物の準備をしなければならないのに。

だけどそんな状態で食材の仕込みをすれば、失敗する可能性だってある。なので失敗しようのない、且つストレス発散になる作業をしよう。

そう思い、買ってきたばかりの肉を取り出し、丁寧に筋切りをする。その後は、フォークでひたすらグサグサ突き刺すのだ。自分への怒りが発奮材料となって、いつもより穴が多く開いてしまう。だけどそれをするだけで、いくらか気持ちも落ち着いてくるから不思議だ。

肉の全面にハーブと大量の塩を擦り込み、革袋に詰める。後はそれを出発まで保管庫で寝かせておけば良い。

ついでに保管庫の中を覗《のぞ》くと、牛乳とブルーベリーが残っていた。

「うーん、今日食べても良いのだけど……」

こうして保管庫に残っている食材は、今日明日で使い切る予定だ。だけど保存食として持っていくのも悪くない。

よし、と呟《つぶや》いて、ホウロウの鍋《なべ》を取り出す。

鍋にブルーベリーと砂糖を入れる。二時間ほど置けば水分が出て来るので、弱火で煮ていく。熱が入ると、もっと水分が出て来る。それを今度は火を強めて煮詰めていく。

ブルーベリーを仕込んでいる間にミルクジャムも作ろう。糖度が高いものは、美味しいうえに保存がきくから便利だ。

ブルーベリージャムとミルクジャム。できあがった物を煮沸消毒した瓶に詰めれば完成だ。ジャムは美味しくて簡単なのが嬉《うれ》しい。

とりあえず今日の仕込み作業はこれくらいにしておこう。残りは明日に回しても間に合う筈《はず》だ。

まあその前に魔力注入の練習が残っているけれど。そのことを思い出して憂鬱《ゆううつ》になる。

「どうしてできないのかしら」

人差し指を見つめ、魔力を集める。しかし何度やっても糸状にならない。

そしてそれは夜になっても変わらなかった。

◇◆◇

「まだできないのか、お前は」

「だって……」

夕食後、研究室にて、もう何度目かわからない溜《た》め息《いき》を吐いた。いい加減、ブライル様も呆《あき》れ顔《がお》だ。

こんなことに何時間も付き合わせてしまって本当に申し訳ない。だけどできない理由がわからないのだ。

「魔力調整はできていたのに、何故こんな簡単なことができないのだ」

「ブライル様に落ちこぼれの気持ちなんてわからないですよ……」

「ふむ、私は落ちこぼれたことがないからな」

でしょうね。

冷却装置の為に、そのあとも根気よく調合を繰り返す。

すると、

「せんせぇえええ――!!」

突然、大声と共に研究室のドアが開いた。

驚いて振り向くと、そこにいたのは白銀の髪に藍色《あいいろ》の大きな瞳《ひとみ》を持つ美少年。肌も白く、まるで雪の精みたいだ。おそらく年齢はわたしより若く、成人したてのように見える。

美少年の登場に目を丸くしていると、

「先生から離れろ、この女狐め!」

「女狐?」

いきなり美少年に罵《ののし》られた。解せぬ。解せぬが、美少年に罵られるというのは意外に悪いものでもないことを知った。

とりあえず魔法薬を調合中であることと、女狐ではないことを少年に説明するが、どうしても納

得してもらえない。困ってブライル様に助け船を求めると、何故か彼の説明だとすんなりと納得してくれた。これまた解せぬ。

「紹介しよう。これは弟子のクリス。クリスティアンだ。この数週間、素材採取で遠方に出ていた」

「初めまして。リリアナ・フローエと申します。どうぞよろしくお願いいたします」

「クリスティアン・ハイネン……、よろしく」

礼儀正しく挨拶《あいさつ》をすれば、きまりが悪そうに返してくる少年。ふふふ、無実の人間を女狐呼ばわりするとは、何とも恥ずかしいことだろう。

しかしわたしは少年よりも多分お姉さんなので、寛大な心を持って許してあげられるのだ。決して顔を赤らめて不貞腐れている少年が可愛いからではない。

聞けばこのクリス少年、採取から帰ってきたと同時に「ジルは可愛い女の子と二人きりで部屋にいるわ」と、先輩に耳打ちされたのだと言う。フェリ様……。

そして自分の尊敬する先生が女性に襲われていると勘違いしたクリス少年は、一目散に研究室に飛び込んできたのだとか。

何故それを聞いて、ブライル様が襲われると変換したのだろう。普通は女性であるわたしの方が襲われる筈なのに。

誤解は解けたものの、まだクリス少年はわたしの存在を受け入れてはくれないらしい。

「先生！　魔憑きの人間を雇い入れることは辛うじて了承しましたけど、その女が弟子になるなんて聞いていませんよ」

「お前がいない間に決まったからな」

「僕は認めません。先生の弟子は僕一人で良い！」

まあ弟子といっても、ほとんどお世話係なのですが。

別に少年に受け入れられなくても、ブライル様に雇われている事実だけで、ここにいることに問題はないが、なるべく人間関係は良好な状態で働きたい。

うーむ……。

「あの、ブライル様。わたしが弟子二号ということは、クリスティアン様はわたしの兄弟子になるのですよね？」

「まあ、そうだな」

「あ、兄弟子……？」

「ではクリスティアン先輩とお呼びした方が良いですか？」

「せ、先輩……っ」

何故かふるふると震えていた少年は、「クリスティアンは言いづらいからクリスで良い」とぶっきらぼうに言ってくれた。ツンデレというやつですね、クリス先輩。

「そ、それで先生はこの女に何を教えていたんですか？」

話を変えたかったのか、ツンデレクリス先輩がわたしの手元を覗き込んできた。そして「ああ、魔力注入か」と呟いた。失敗の残骸《ざんがい》だらけなので、ちょっと恥ずかしい。

「何度やってもできないのです……」

「まあ感覚を掴《つか》むまでは難しいからな」

「え？」

どうやらブライル様とは違い、クリス先輩はわたしの気持ちをわかってくれる御方みたいだ。

「お前はどうやって魔力を出しているんだ？」

「えーと、こうやって指先に魔力を集めて、それを言われた通りに細くしようとしているのですけど」

もう一度指先に魔力を集めると、クリス先輩に「違う違う」と、止められた。

「集めてからじゃなくて、集める前から細くするんだよ」

「集める前から？」

「ああ、魔力が体を通るときから細くしておくんだ」

「えーと、こう、ですかね」

クリス先輩に言われた通りに、体の中にある魔力を細くするように練る。そしてそれをゆっくりと細さを保ったまま指先に移動させ、精霊水の方へ向けると、

「わ！」

するするする、と魔力が吸い出され、精霊水に溶け込んだ。

そしてすべてが混ざり合った瞬間、一度だけ小さく輝いた。

「こ、これって……」

「なんだ、できたじゃないか」

できた……？　嘘……。

ブライル様に確認すると、微妙な表情で頷《うなず》いてくれた。

「や、やったああ――！」

クリス先輩、すごい！

これで冷却装置が手に入ります。

「でもこれ、結構な魔力を吸い取られますね」

「魔法薬の効き目を考えれば、これくらい普通だと思うけどな」

前に教えてもらった通りで、これではあまり数が作れないだろう。

魔法薬が貴重な理由がまた一つ理解できた。

「クリス先輩、本当にありがとうございます」

「べ、別に」

「ブライル様も、お世話をおかけしました」

「……ああ」

というかブライル様、なんでそんな不機嫌そうなのですか⁉

魔力注入は成功したので、今日の勉強はこれで終わりとなった。なのでお礼にもならないが、帰ってきたばかりのクリス先輩の為に、温かいお茶と軽食を用意することにした。

ハムとたまごのサンドウィッチと、温め直したスコーンに、作ったばかりのジャムを付ける。それを研究室の空いている（無理やり空けた）机に広げれば、おや、先輩の目がキラキラしているではないか。

「リ、リリアナ・フローエ。もしかして、これは僕が……食べていいのか?」

「もしかしなくても、もちろんです」

「本当だな。あとで嘘だと言われても返さないぞ」

「何で嘘を吐く必要があるのですか。これはクリス先輩の為に用意したのですから」

「お、お前、もしかして良い奴なのか……?」

「いいえ、普通です」

何故、軽食くらいでここまで大袈裟《おおげさ》に感動しているのか不思議に思えば、クリス先輩は一カ月近く素材採取の旅に出ていて、道中はほとんど保存食ばかり食べていたそう。しかもその保存食というのが、干し肉と硬くて酸っぱい黒パンに味の薄いスープだというのだから、平民とさして変わらない旅だったのだろう。

ガツガツとサンドウィッチを貪《むさぼ》り食うクリス先輩に、雪の精の面影など残っていなかった。余程普通の食事に飢えていたのだろう。しかし「美味い、美味い!」と、涙目で訴えかけられれば、調理をした者として、嬉しくない筈がない。

ちょっとちょっと。ブライル様は物欲しそうにスコーンを狙わないでください! 晩ごはんとデザート、しっかり食べたじゃないですか。

「それにしても大変なのですね、採取の旅というのは」

そう漏らせば、「今更やめるなどと言うなよ」と、ブライル様から視線が送られてきた。わかっていますよ、言いませんって。

「こんなお若いのに一カ月も旅に出るなんて、クリス先輩はいつからブライル様の弟子になられたのですか？」

「ん？　妹弟子としては気になるところなのか？　そうだな、だいたい四年前だ」

「正式には一年前だが」

「そ、それは、この研究所で働き出してからでしょう？　その前から僕は先生の弟子でした！」

頬を上気させて訴える姿は、とても可愛らしく、いっそ抱きしめてしまいたい衝動に駆られてしまう。するとその気配をいち早く感じ取ったブライル様から、冷ややかな視線が飛んできて、思わず両手を上げてしまった。

危ない、危ない。もう少しで変質者になってしまうところだった。

その後もブライル様は、わたしを牽制《けんせい》するような目で見つめ、そしてクリス先輩は、そんなブライル様の様子を訝《いぶか》しむように見ていた。

大丈夫ですよ。わたしはもう先輩を抱きしめようとは思ってないですし、ブライル様もわたしから先輩を守ろうとしているだけですから。

◇◆◇

クリス先輩が帰ってきたことで、出発の目途は立った。わたしの準備もあるが、ブライル様の方にも準備があるらしく、出発は二日後の早朝となった。慌ただしいことこの上ないが、今回ばかりは仕方ない。時間に余裕がないのはわかっていたことだ。

翌日もいつも通り朝から仕事に励む。風通しのいい物干し場で、洗濯物を干していると、気まずそうな顔をしたアニエスが、こちらにやって来るのが見えた。

「リ、リリアナ！」

「おはよう、アニエス。こんな早くにどうしたの？」

来訪の理由を尋ねれば、少し言い難そうにモジモジとしている。まあ昨日の今日だけに、それは明白なのだけれど。

「昨日は貴女に偉そうなこと言っちゃったから、謝りに来たの」

「そんな、どうして？　謝る必要なんかないわ。アニエスは、わたしの為を思って言ってくれたのだから」

「それでも申し訳ないと思って。それで、これをお詫《わ》びに持ってきたの」

そう言って、アニエスは袋を差し出した。

「保存食が必要って言っていたから、少しでも役に立てばと思って」

中身はナッツと蜂蜜《はちみつ》だ。確かに二つとも旅で重宝する。

「本当に貰《もら》っていいの？」

「構わないわ。余り物で悪いけれど」

「ううん、嬉《うれ》しい！　ありがとう、アニエス」

余り物でも何でも大歓迎だ。貰った袋を見てにんまりしていると、

「あらあら、また貧乏人同士がつるんでいるのね」

聞き覚えのある嫌味を纏《まと》った声が聞こえてきた。うんざりしながら振り返ると、そこにいたのはやはり昨日のベルティルデ様とゆかいな仲間たちだった。

「下働きというのは、そんなに暇なのかしら」

「もしかして、サボっているのではなくて？」

こんな朝早くからおいでになる貴女たちご令嬢も、案外暇なのではないだろうか。

アニエスは彼女たちの突然の襲来に、心底驚いているようだった。

「ベルティルデ様、どうしてここに……」

「昨日、この者が随分と生意気な口をきいてくれたでしょう？　そのことを反省して、昨日のうちに職を辞しているのではないかと思って見に来たのよ」

「でもまだ城に残っているなんて、なかなか図々しい女ね」

いくらわたしがよそ様に無礼を働いたとしても、ブライル様の許可が下りない限り、勝手に辞めることはできない。そしておそらくブライル様は、このようなことでわたしを解雇することはない

だろう。ご自分の食事の方が大事なのだから。

「アニエス、貴女もこんな女に係わっていると碌《ろく》な目に遭わないわよ。こんな風にね！」

ベルティルデ様の左右にいる令嬢たちが、さっと手を上げるのを見て、咄嗟《とっさ》にアニエスの前に出た。そして次の瞬間、二人の手から発生した水がわたしの体を濡《ぬ》らした。

「きゃあ！」

背後のアニエスから悲鳴が上がるが、どうやら彼女は濡れていないようだった。ああ、良かった。

彼女たちも貴族なのだから、魔法が使えて当たり前だ。けれど、もしわたしが物語の悪役なら、もっと大量の、そして温度もぐっと下げた冷水を勢いよくかける気がする。もしかして、彼女たちは加減してくれたのだろうか。だとしたら、わたしなんかより、余程優しい人たちだ。

「アニエスなんか庇《かば》って、正義の味方にでもなったつもり？　次はそう上手くいかなくてよ」

「おい、お前たち何をしているんだ⁉」

もう一度仕掛けてこようとした令嬢軍団だったが、そこへ割り込んできた声に阻まれる形となった。現れたのはクリス先輩。ずぶ濡れのわたしと、こんなところに用事がある筈《はず》もない令嬢たちを見て、不可解な表情を浮かべている。

「ク、クリスティアン様！」

突然のクリス先輩登場に、令嬢軍団は飛び上がって驚いていた。そして互いの顔を見合わせて、慌ただしく逃げて行った。捨て台詞を吐く余裕もなかったようだ。

そんな彼女たちの逃げ様を、わたしたちは茫然《ぼうぜん》と眺めていた。特にクリス先輩は状況を理解できていないので一入《ひとしお》だろう。

「一体何があった。説明しろ、リリアナ・フローエ」

「クリスティアン様。そんなことより、先にリリアナを着替えさせませんと」

「君は？」

わたしの背に匿われていたアニエスが、クリス先輩の前で腰を折る。

「失礼いたしました。わたくしアニエス・タルナートと申します。城内で働いており、先日からこの者と親しくさせてもらっております」

「そうなのか？」

アニエスの言葉に嘘がないか、クリス先輩は私に確認してくる。

「はい、間違いありません。アニエスは友達です」

「わかった。ではアニエス嬢、貴女の友人は僕が預かります。なのでこの場はお引き取りを。貴女も仕事があるでしょう」

クリス先輩がそう言えば、アニエスは渋々ながら頷いた。彼女も僅《わず》かな合間を縫って、ここに来たのだろう。

「心配しないで、大丈夫よ。ベルティルデ様たちのおかげで、お風呂《ふろ》に入る口実ができたわ。こんな時間にお風呂だなんて、贅沢《ぜいたく》だと思わない？」

「リリアナ……」

今にも泣きそうなアニエスを宥《なだ》め、その背中を見送った。

せっかく気を使って朝から来てくれたのに、悪いことをしてしまった。彼女たちを怒らせてしまったのはわたしなのだ。なのに嫌がらせの標的にされたのはアニエス。いくら防いだといっても、これがわたしの招いた結果だった。

「……じゃあ着替えてきますね」

「着替える前に風呂に入ってこい」

「え、お風呂は冗談ですよ」

「良いから入れ。風邪でもひかれたら面倒じゃないか」

冬でもないから平気なのだけれど、お言葉に甘えて体を温めることにした。

「で、何があったんだ?」

「それがですね、大変言い難いのですが――」

厨房《ちゆうぼう》の椅子に腰掛け、わたしの風呂上がりを待っていてくれたクリス先輩に、昨日のことと合わせて説明した。因縁を付けられたこと。わたしの反論が原因で、さっきの騒動に発展してしまったこと。

「そうか。アイツら、先生のことを侮辱したんだな」

この説明だけで忌々しそうに歯噛《はが》みするクリス先輩は、ちょっとブライル様を好き過ぎるのではないだろうか。もうちょっとわたしの行動を注意してもよさそうなのに。ブライル様の存在の前では、わたしの不敬も鳴りを潜めるのだろう。

「まあいい。僕に見られたんだ、先生本人に話がいくのを恐れて、当分は何もしてこないだろう」

「アニエスの方は大丈夫でしょうか」

「それもたいして問題ないんじゃないか。ここは人気《ひとけ》がないから狙われやすいけど、他の場所は結構人通りがあるからな。それで、あの女は城内のどこで働いているんだ？」

「ええと……どこでしたっけ。そういえば聞いていないかも」

「お前っ、友人なんだろう⁉」

「そ、そうですけど、そこまで気が回らなかったのです。次に会った時にでも、確かめておきますから」

思いもよらぬところで怒られてしまった。しかも呆《あき》れられている感が半端ない。こういう時は、話を逸らせるに限る。

「そ、そういえばベルティルデ様たち、クリス先輩のことご存じでしたね。あの方たちとはお知り合いなのですか？」

取り繕うようにそう問えば、嫌そうな顔を向けてくる。

「名前だけは知っているけど、直接会ったのは初めてだ……と思う」

「だと思う？」

「夜会とか社交の場で会っているかもしれないが、いちいち覚えていない」

「夜会って、やっぱり先輩もお貴族様らしいことをしているのですね」

「好きで出たわけじゃないからな。成人したら、誰もが一度は夜会に出席しなきゃならないんだ」

「先輩はおいくつなのですか？」

「十六だ」

へえ、やっぱり年下だった。

「じゃあ、去年出席なさったのですね」

クリス先輩の初めての夜会、見てみたかったな。初々しくて、さぞかし可愛らしかっただろう。

「ここに勤め出したのも、確か去年でしたよね？」

「それまでは学生だったからな。貴族なら、九歳から十五歳までは学校に通っている」

王都には貴族専用の学校があり、貴族の子息・息女は、余程のことがない限り、皆その学校に通うのだそう。

「では魔法もそこで習うのですか？」

「ああ、七歳で魔核解放の儀式を行う。それから二年間は家庭教師をつけて、各々で基礎を学習する。学校に入学してからは、一般的な教養の他に魔法の応用や魔力の練り方などを習う。男は武術なども習うな」

そんな小さい頃から魔法を練習していたのなら、わたしが及ばないのも当然だ。

「最初の三年はそうして、残りの四年は魔法学科と文官学科、それと武官学科に分かれて専門的に習う」

「クリス先輩はもちろん……」

「魔法学科だ」

「ほうほう。つまり魔法学科で魔法薬に出会い、その分野で名が知られていたブライル様に弟子入りしたというわけですか」

「何なんだお前、ムカつく顔しやがって。べつに魔法薬に特別興味があったわけじゃない。勉強するうちに魔法にのめり込んで、その中で先生の噂を聞いたんだよ。ジルヴェスター・ブライルというすごい魔法士がいるって」

「へえ、ブライル様ってそんなに有名な御人なのですね」

「ああ、魔法学科を首席で卒業しただけでなく、文官学科と武官学科の卒業試験もかなり優秀な成績だったらしい」

「え、専攻した学科以外の試験も受けなければならないのですか?」

「いや、普通は専攻学科だけでいい。でも先生の家は、ノワール王国の歴代宰相を務めているあのブライル公爵家だ。文官学科に進学するのが決められていたんだけど、先生は魔法学科を選んだ。先生の父君でいらっしゃる現ブライル公は文官学科の試験も高得点で合格することを条件に、それを許したって話だ」

「なのにブライル様は、武官学科の試験までも合格されたと。バケモノですか、あの御方は」

「違う、天才だ」

どうしてクリス先輩が誇らしげにしているのだろう。

「とにかく、そんな天才がいるのなら、一度会ってみたいだろう? だから探してみれば、文官や武官になっているでもなく、ましてや魔法局の花形といわれる魔術戦略部や術式研究室にもいなかった。やっと探し当てたと思ったら、小さな研究所の片隅でちまちまと魔法薬を作っているときた。だから逆に興味がわいたんだ。天才と呼ばれる人が、エリートの道から外れてまで係わっている魔法薬に」

確かにそんなすごい人がやっている仕事なら、わたしでも少しくらい興味を持つかもしれない。だけどそれを自分の仕事にしようとまでは思わないだろう。クリス先輩はブライル様の存在に、余程感銘を受けたのだと思う。

「最初はまったく取り合ってくれなかった。でも朝夕、学校が休みなら一日中熱心に通いつめたら、先生も僕の真剣さに心を打たれたんだろう。是非にと弟子にしてくれたんだ」

先輩は当時を思い出したからか、目をキラキラさせているけれど、それは俗にいうストーカーというやつではないだろうか。それにブライル様が心を打たれるなどとは、どうにも信じがたい。きっとここら辺は、先輩の脚色や願望が入っているに違いない。

尊敬する師匠の話ができて満足したのか、クリス先輩は意気揚々と仕事に戻っていった。これから採取した素材の処理をしなければならないらしい。一カ月にも及ぶ旅だったので、素材の量も半端ないのだとか。ぜひとも頑張ってもらいたい。

わたしも仕事を続けることにした。毎日の業務に加え、まだ旅の準備は残っているのだ。

最初はパン種作りに取り掛かった。研究所に来てからは初めて作るが、そんなに難しいものでもない。

小麦粉に、干《ほ》し葡萄《ぶどう》から作っていた酵母と水を入れ、うんせうんせと捏《こ》ねる。あとは冷んやりした場所でゆっくり発酵させるだけ。この後の作業は翌日だ。

次にビスケットを焼く。少し硬めのビスケットも日持ちがするので、旅には重宝するのだ。

バターをしっかりと練り、少量の砂糖を加え混ぜる。そこに卵黄を加え、小麦粉を篩《ふる》い入れる。生地を寝かせ、成形したら、オーブンで焼いて完成。

アニエスから貰《もら》ったナッツは、オーブンで少し焼いてから干し葡萄と共に、これまた貰った蜂蜜《はちみつ》に漬けた。小分けにしていくつか作ったので、旅に持っていく分以外は、保管庫で保存しておく。食べ頃になったら、アニエスにもお裾《すそ》分け返しをしよう。

その後も、荷詰めや何やらと、忙しく時間は過ぎて行った。


そして出発当日。まだ夜も明けない時間から、わたしはせっせとパンを焼いていた。まるで本職のようだ。

一応普段食べているものよりは日持ちがするパンを作ったのだけれど、それでもなるべくギリギリで作らないといけない。万が一にもお貴族様に傷んだ物を食べさせるわけにはいかないからだ。

そして用意された馬車の中に、すべての荷物を積み込む。中々の大荷物になってしまったので、ちょっと重いけれど、お馬さんには是非とも頑張ってもらいたい。

玄関先では、ブライル様が出勤してきたフェリ様とクリス先輩に責任者らしく留守中の指示を与えていた。しかしその言葉をかき消したクリス先輩が、勢いのままブライル様にしがみつき何かを訴えている。

「先生ぇぇえ！　どうしてこの女なんですか。何で僕じゃダメなんですか⁉　再会できたばかりなのに！」

何となく誤解を生みそうなギリギリの台詞を吐くクリス先輩。ブライル様はそんな先輩を鬱陶《うっとう》しそうにペイと引き剥《は》がした。

もしここに第三者がいれば、ドロドロの恋愛小説にあるような、三角関係の末、愛する恋人に捨てられた情景を思い浮かべたのはわたしだけではなかっただろう。しかも不機嫌さと美形具合が相まって、ブライル様がどうしても悪役に見えてしまう。隣りに立つ美しいフェリ様は、さしずめ三角関係の勝者の方だろうか。

「クリス、お前が行けば調合の作業が進まないだろう」

「だからってこの女を連れて行くなんて！」

「もうやめてクリスくんっ。私だってリリアナちゃんが危険な目に遭うくらいなら、ジル一人で行けばいいって思ってるのに！」

「フェリクス、貴様……！」

こっちはこっちで仲良しさんたちが、いつもの可愛らしい喧嘩《けんか》を始めた。それを微笑ましく聞きながら、最後に荷物の確認をする。

よし、よし、よし。忘れ物はない。準備万端だと満足気に頷《うなず》いていると、さっきまでブライル様にしがみついていた筈《はず》のクリス先輩に、いきなり肩を掴《つか》まれた。

「おい、リリアナ・フローエ！」

「な、何ですか、クリス先輩」

「お前に忠告する」

「忠告？」

「わかっているとは思うけど、お前、自分の立場をわきまえろよ」

「はあ、立場ですか」

「間違っても先生に色目なんか……」

「はい？」

色目？

クリス先輩は何を言っているのだろうか。

もし先輩の言う色目というものをブライル様相手に使ったとして、果たしてそこに何が生まれるというのか。せいぜい蔑《さげす》んだ眼差しと罵倒《ばとう》の言葉を延々といただけるくらいだろう。

それにそもそも色目の使い方がわからない。

馬鹿馬鹿し過ぎて相手もしていられないので、さっさと馬車に乗り込もうとした。

しかしそこで、はたと立ち止まる。

目の前には二頭の馬が繋《つな》がれた馬車がある。でも一体誰が手綱を取るのか。

わたしは馬にも乗れないし、ましてや馬車を操ることなどできやしない。

いくら田舎育ちといえど、一人で馬に乗る機会はなかった。せいぜい父親や友達が操る馬に一緒に乗せてもらった程度だ。

まあ普通の貴族なら専属の御者を召しかかえている筈だから、今回もその方にお世話になるのだろう。食料も余分に用意していて良かった。いろいろと一安心だ。

そんなことを考えていると、出発するぞと頭上から声がかかった。

ブライル様だ。何故かブライル様が御者台に座ってらっしゃる。

「……あの、何をされているのですか？」

「見ればわかるだろう。馬車に乗っている」

「御者の方は」

「そんなものは必要ない。馬くらい私でも操縦できるのだからな。それに人数が増えれば、その分面倒も増える」

「それはそうでしょうけど……」

「くだらないことを言ってないで、さっさと乗れ」

お貴族様というのは、ちょっとした場所にも仰々しく使用人を引き連れて赴くものと思っていた。数日間にも及ぶ旅となれば、それは大層な人数を引き連れて行くのだろうと。

確かに今回は町どころか村さえない道を進み、しかも野営なのであまり大袈裟《おおげさ》にはできないと聞いていた。人数が多いと、それだけ獣や魔物に襲われ易くなるのだそうだ。だけれど使用人の一人も連れないなんて。

やはりブライル様という方は、わたしの想像していた貴族とはどこか違う。ちょっと偉そうとか自分勝手なところはそれそのものだけど、自分で馬車を操る貴族なんて聞いたことがない。

まあそんなことを疑問に思っていてもしょうがない。怒られる前に、さっさと馬車に乗り込もう。

幌《ほろ》の中にある座席に座ると同時に、出発の合図を出された馬が嘶《いなな》いた。

「では行ってくる」

「リリアナちゃん気をつけてね！　本当に気をつけてね！」

「はい、フェリ様もお薬作り頑張ってください。あとクリス先輩も」

「ふん、余計なお世話だ。そんなことよりリリアナ・フローエっ。僕の忠告を忘れるなよ！」

「ああ、ハイハイ」

「ハイは一回だ！」

というか皆様、ブライル様にお声掛けしなくてよろしいのですか？

御者台に目を向けると、憮然《ぶぜん》とした様子のブライル様が馬に鞭《むち》を打ち、そして静かに動き出した。

すぐにフェリ様たちが小さくなっていき、あっという間に姿が見えなくなった。さっきまであんなに騒がしかったのに、二人になった途端寂しく感じるのだから不思議だ。

いつも使っている門とは違う馬車用の門を抜け、城下へと入る。賑《にぎ》やかで見慣れた風景も通り過ぎ、そしてとうとうベルムの街を出た。

首都といっても栄えているのは壁で囲われた街中だけで、一歩壁の外に出ると、周りには畑や牧場、草原や森などの緑が溢《あふ》れている。久しぶりに見る景色に懐かしさを覚える。

そんな自然豊かな場所とは不釣り合いな背中を見て思う。

わたし、本当にブライル様と旅に出るんだ。

第四章

ガタガタと揺れながら、馬車は土の道を駆けてゆく。

時折大きく揺れるけれど、座席にはふかふかのクッション材が張られている為、お尻《しり》はさして痛くない。見た目は普通の幌馬車《ほろばしゃ》なのに、こういう所までお貴族様仕様なのか。

まあ痛くはないのだけれど、舗装もされていない田舎道を走るのだから、揺れるのはどうしようもない。だけどその衝撃で内臓まで揺さぶられ、段々と気持ち悪くなってきた。

うーん、これはマズい気がする。

「あのー、すみません」

「どうした」

「ブライル様の隣りに行っても良いですか？」

「……何故だ」

「ちょっと酔ったかもしれません」

「ああ、そういうことか。少し待っていろ、すぐ馬車を停める」

「あ、わざわざ停めなくても大丈夫ですよ」

そう言って荷台部分から直接御者台に移る。背もたれと座席部分を越えるだけなので一々馬車を停めるほどではない。

スカートを捲《まく》り上《あ》げ、よいしょと座席を跨《また》ぐ。それを見たブライル様が、ギョッと目を剥《む》いた。

「おい！」

「大丈夫です、いけます」

「いけるいけないの問題ではない！　女が自ら脚を出すなど……っ」

「ショースを穿いていますよ？」

「だからそういう問題ではないだろう！　馬車が停まる少しの間も待てないのか、お前はっ」

「こんなことでお手を煩わすのも悪いかなと思いまして」

「それくらい大した手間ではない。二号、お前は少し女としての恥じらいを持て！」

女性が脚を出すことに異常なほど抵抗を見せるブライル様。生脚ならまだしも、布で覆われているのに、何をそんなに怒る必要があるのだろうか。

公衆の洗濯場に行けば、生脚を晒《さら》している女性などわんさかいる。冷たい水の中に入る姿を見て大変だなとは思っても、怒る男性なんかいない筈だ。

「もう良い、おとなしく座っていろ」

「はあ、申し訳ありません」

出発したばかりなのに疲れたと溜《た》め息《いき》を吐くブライル様に頭を下げる。

きっと貴族のお嬢様ばかりを相手にしてこられた方なので、庶民の感覚が理解できないのだろう。

まぁわたしも貴族の感覚などわからないので、おあいこかしら。

御者台から見る景色はとても美しく、酔いかけていたのも忘れそうになる。それに爽《さわ》やかな風を受けていると、いくらか気分もスッキリしてきた。

なのに隣りではまだぶつぶつ言っているので、早々に話題を変えさせていただこうと思う。

「今回行く所は、街道から大きく外れるのですよね」

「……ああ、薬草は人気がなく魔素の多い場所を好むからな。昼過ぎに到着する村を過ぎたら、あとはひたすら山道や森の中を走る。街道沿いを行って宿場に泊まることもできるが、生憎今回は時間がない。なので野営にはなるが最短距離を選んだ」

「あ、じゃあお手数ですが、その村で少し買い物をしても良いですか？」

「別にそれくらい構わないが、ついさっき、手を煩わすのが嫌だと言った奴の台詞とは思えないな」

「だから謝ったじゃないですか。それにその買い物だってブライル様の為なのですからね」

「私のだと？」

「ええ、少しでも新鮮な食材を手に入れようと思いまして。今朝は忙しくて市場に行けなかったですし」

食料も多めには用意してあるけれど、新鮮な物が手に入るなら、それに越したことはない。道中何が起こるかわからないし、もし余ったら帰ってから使えばいいだけだ。

「フム、その為なら仕方ないな」

「わかって下さって何よりです。でもベルムと違って村なので、あんまり期待はしないで下さいね」

辺鄙《へんぴ》な村は、基本物資が少ない。わたしの故郷の村もそうだった。何でも容易く揃《そろ》う王都とは違うのだ。

そうしてもう暫く走った所にあった川のほとりで、休憩することになった。馬に水を飲ませ、わたしたちも昼食を摂る。

メニューは定番のサンドウィッチだ。中身はハムチーズレタス、海老と野菜のミントソース、虹鱒《にじます》の燻製《くんせい》マヨネーズ和えの三種類。朝早く作ったので、野菜が少ししなしなになっているが、これはこれで美味しい。

フェリ様たちにも同じ物を置いてきたので、クリス先輩と一緒に食べている頃だろう。

そこからまた二時間程走り、目的の村に到着した。

大人たちは仕事に精を出し、子供たちが楽しそうに走り回る、ごくごく普通の村だ。その光景を見ているだけで、懐かしく感慨深いものがある。

村の入り口に馬を括り、早速買い物に繰り出した。と言ってもやはり店の数は少ない。その数軒を覗《のぞ》き、目当ての物を探していく。

ブライル様はその間、わたしの横でキョロキョロと物珍しそうに村の中を観察していた。村人たちも、すこぶる美形のブライル様を見て驚いていた。お年寄りに至っては、良いものを見せてもらったと手を合わせて拝んでいる。冥土《めいど》の土産というやつかしら。

「良かった、野菜は置いてありますね。もう午後だから売り切れているかと心配していたのです」

「しかしこれは売り物なのか？　まだどれも泥だらけではないか」

「当たり前ですよ、畑で採れるのですから。ブライル様がご覧になる野菜は、お目汚しにならない様、その前に他の人が綺麗《きれい》に洗ってあるのですよ、きっと」

こうして常識外れの発言をぶっ込んでくるところが、やっぱりお貴族様だなぁと思わせる。まあこれも仕方ないことだけれど。

「あ、ブライル様。牛乳がありますよ！　それにチーズも！」

「それがどうかしたのか？」

「田舎の村は行商が来ないと、こういった物は手に入らないのです」

「何故だ、必要なら毎日来させれば良いではないか」

「だからですねぇー」

「まあまあ、その辺にしときな。しかしお兄さん、男前のうえに面白いねぇ。世間知らずのお坊ちゃんってとこかい？」

わたしたちの会話を聞いていた店の女将さんが、笑いながら宥《なだ》めてくる。

ふくよかで中々貫禄《かんろく》のある女将さんだ。余所者でも関係なく接してくれる、気の良さそうな女性だ。わたしの故郷にもこういう人がいたなぁ。

そんな女将さんの言葉で、ブライル様の眉間《みけん》に深い皺《しわ》が刻まれるが、さすがに女性相手にどうこうしようとは思わないらしい。但し不機嫌オーラは抑えられていないけれど。

はいどうどう、堪えて堪えてー。

「近くに酪農を生業にしている村があってね、二日に一度売りに来てくれるのさ」

「へえ、ありがたいことですねぇ」

「うちの村からも野菜なんかを売りに行くから、お互い様ってとこさね」

「持ちつ持たれつ、というやつですね」

「そうしないとこんな村、すぐにくたばっちまうよ」

そう言って豪快に笑う女将さんに、必要な物をお願いする。

「お兄さんがあんまり格好良いからね、ちょっとだけどおまけしてあげるよ」

「うわあ、ありがとうございます！　良かったですね、ブライル様」

女将さんにはわからないように、ブライル様の脇腹を肘《ひじ》で突っつく。わたしの言わんとしていることに気付いたのか、嫌そうな顔をしながらも、どうにか「感謝する」と吐き出した。ブライル様にしては上出来だ。

店を出た途端、「世間知らずとは何事だ」とか「感謝せねばならないくらいなら定価で良い」などと文句を垂れていたけど、わたしとしては良い物が安く手に入ったので大変満足である。


そして立ち寄った村を出発してから数時間。

街道を外れて、山道を暫く走った所で、本日の移動は終わりとなった。陽が暮れないうちに野営場所を確保しないと危険なのだそうだ。

ぽっかりと開けた場所で、周りには馬の餌になりそうな草も生えているので困らないだろう。

ブライル様が周辺の散策に加えて、以前言っていた魔物避けなる物を配置しに出たのを見て、わたしも夕食作りに取り掛かる。

といっても、まずは煮炊きする為の竈《かまど》作りから始めなければならないのだけれど、それも土魔法を使えば簡単に解決できる。

普通なら数を集めるだけでも苦労する石が、魔法なら形と大きさを思い浮かべるだけで出現させることができるのだ。それを鍋《なべ》に合うように丸く積み、円の内側にある土を、これも魔法で凹ませる。こうすることで空間ができ、薪の量で火力も調節できる。

その竈を隣りにもう一つ作って完成だ。

この石を出すという能力は、ブライル様に呼び出された時に初めて知ったものだ。土を生成した後に、砂、泥、粘土、砂利と続き、砂利ができたのだから石もいけるのではないかと言われ、やってみたらできたのだ。

今まで魔憑きであることを隠して生きてきたので、こうして自分の知らない能力を目の当たりにすると、本当に驚くばかりである。そして今みたいな場合でも力を発揮してくれる便利な魔法に、今は感謝しきりだ。

竈の次は、燃料になる焚《た》き木を拾って来なくてはならない。散策に出たブライル様に頼もうかとも思ったけれど、生木を持ってきそうな予感がぷんぷんしたので諦《あきら》めた。

焚き木を探すついでに、木の実や食用きのこの一つでも見つからないかと、籠《かご》を片手に森の中に入ると、

「何をしている」

　ぎゃー。わたしがブライル様に見つかりました。

「ええとですね、焚き木を集めているのです」

「だからと言って一人で彷徨《さまよ》うな。いくら魔物避けがあるといえど、危険がゼロになったわけではない」

「でもそれがないと料理ができないので……」

　言いきってから、しまったと思った。

　となると答えは一つ。

「それくらい私がする」

「やっぱり！」

「……何がやっぱりだ？」

「いいえ、何でもありません。じゃあ一緒に探しましょう。そうすれば時間もかからないし、ブライル様がいるから安全だし！」

　怪訝《けげん》そうな顔をするブライル様を丸め込もうと畳み掛けるが、「お前は食事の支度をしておけ」と言い残して、わたしの籠を奪い、颯爽《さっそう》と森に消えて行きました。

　ああ、心配。

　でも心配ばかりしていても、時間がもったいないので、仕方なく言われた通り調理に取り掛かる。

　馬車の中から調理器具や食材を取り出して、準備開始だ。

せっかく牧場直送の物を買えたので、その中から今日は牛乳とチーズを使いたいと思う。

まずは豚肉の塩漬けを水に浸し、塩抜きをする。本来なら時間をかけてしっかりと塩抜きするのだけれど、今回は数回水を替えるだけで大丈夫だ。

次に玉ねぎと人参、じゃがいもの皮を剥く。そしてそれを適当な大きさに切ったところで、

「おい、取ってきたぞ」

「あ、ありがとうございます」

焚き木がたんまり入った籠を持ったブライル様が帰ってきた。しかもちゃんと乾燥した物を選んでいるではないか。偉いぞー。

魔物の討伐にも出ていたと言っていたから、案外こういうことには慣れていて、しかも意外に詳しいのかもしれない。

早速ブライル様が拾ってきてくれた焚き木を竈に放り込み、火を入れる。そしてその上に水を張った鍋を置き、軽く塩抜きした豚肉を投入する。これを暫く煮込めば、水に塩分と旨味が溶け出し、良い塩梅のスープの素になるのだ。

充分に煮込んだら豚肉を取り出し、残ったスープの中に人参とじゃがいもを入れ、こちらもしっかりと火を通す。

もう片方の竈では、鍋にバターを溶かし、玉ねぎを透明になるまで炒《いた》める。そこに小麦粉を入れ、粉っぽさがなくなるまで加熱する。玉ねぎに纏《まと》わりついてねちねちするが、暫くするとそのねちねちが緩んで少しさらりとしてくる。これが小麦粉に火が通った証拠で、香りも良くなるのだ。

その中に少しずつ牛乳を入れ、完全に混ざりきるまでせっせとヘラを動かす。ここで牛乳をドバッと入れてしまうと、小麦粉がダマになってしまうので、本当に少しずつ入れては混ぜるのを繰り返す。

そしてそれを鍋の底を刮《こそ》げるように絶え間なく混ぜながら、とろみが強くなるまで加熱する。そこにスープと一緒に人参、じゃがいもを入れ、仕上げに白ワインとチーズ、少量の砂糖をコク出しとして加える。

これをくつくつと煮込めばシチューの完成だ。うーん、良い香り。

次に先ほど茹《ゆ》でた塩漬け肉を、フライパンで表面を香ばしく焼き、食べ良い大きさにスライスする。

そこに添えるのは、ハニーマスタードソース。粒マスタードに蜂蜜《はちみつ》とレモンの絞り汁、オリーブ油を混ぜ、黒胡椒《くろこしょう》を挽《ひ》く。本当ならここに塩も加えるのだけれど、肉自体に塩味がついているので今回は省くことにする。

サラダは、村で買ったクレソンとほうれん草のベビーリーフを合わせただけの簡単なものだ。一応さっぱりとしたドレッシングをかけてはいるが、肉と一緒に食べても良い。

一応これで夕食の準備はできた。

だけれど、と横目で窺《うかが》えば、ブライル様は今日一日頑張ってくれた馬の世話をしている。普通なら使用人がする仕事だろう。いや、この場でならその役目はわたしか。

だけどブライル様は、わたしにそれをさせる気は微塵《みじん》もないようだ。自分のできることは自分でする、という心算《こころづもり》なのか。日頃研究室に閉じ籠《こも》ってばかりなので、率先してのびのび動いているのかも知れない。

しかも心穏やかな動物と触れ合っているせいか、何処となく微笑んでいる……ようにも見える。

というか何あれ⁉　完全に微笑んでいるじゃないですか、あの無表情男が！

そしてわたしは、はっきりとそれを目撃してしまったのです。

「……はうんっ！」

知りたくはなかったが、これほどの美男子、しかも普段無表情のブライル様が微笑むというのは、とんでもない破壊力だったらしい。何故か胸の奥の方をドゴーンと殴られたような衝撃を覚えた。

それがあまりの凄《すさ》まじさで、咄嗟《とっさ》に心臓を押さえてしまう。

……いかん。いかんいかん！

正気に戻れ、わたしっ。

人間なら笑うのは当たり前だ。昨今では猿や鬼まで笑うと聞いたことがある。

だからあのブライル様が微笑んでいたからといって、それがどうした。弟子兼お世話係のわたしには、何の関係もないじゃないか。

あの人は魔法薬の師匠で、且ただの雇い主。

そしてわたしは料理をする為にここにいるのだ！

そうだ、わたしは料理をするのだ！

何だか思考が恐ろしい方向に向かいそうだったので、わたしは目の前にあったチーズを縋《すが》る思いで手に取った。

このまま何かを作ってさえいれば、変なことを考えないで済む。そう考えて、必死に手を動かした。

まずチーズを潰《つぶ》して柔らかくする。そこに砂糖、牛乳、卵、小麦粉、レモン果汁を入れ、もったりするまで混ぜる混ぜる混ぜる。得体の知れない何かを振り払うかのように混ぜる混ぜる混ぜる。

そうしてでき上がった物を型に流すのだが、旅ということで肝心の型がない。仕方なく陶器のマグに入れ、あとはじっくりと蒸せばでき上がりだ。

簡単な作業だが、そのおかげで変な思考もどこかへ追い遣れた。ブライル様も、いつの間にか元の無表情に戻っていて通常営業だ。

その後も特に表情を変えることはなかったので、わたしの心臓も事なきを得た。

ああ、良かった良かった！

「ブライル様──、もうすぐ夕飯できますよ──」

声を掛けた後は、馬車の荷台から折り畳み式のテーブルと椅子を引っ張り出す。

これは台所で使っている一人用のテーブルを物置で探していた時に、一緒に見つけた物である。

軽い木材でできていて、見た目よりもそれほど重くない。

さすがにブライル様を地べたで食事させるわけにはいかないので、今回これにご同行願ったのだ。

その上に真っ白なクロスを掛け、野菜シチュー、メインの肉料理とサラダ、それに今朝焼いたパンを並べる。

もう見た目は野営とは思えない豪華さだ。王都へ来る際に体験した、一般的な野営の食事を思い出すと泣けてしまう。確かあの時は、ほとんど味のしない白湯のようなスープと、石のように硬くて酸っぱい黒パンだったのを覚えている。

ああ、貧富の差が辛い。

「ほぉ、美味そうだな」

馬の世話を終え、席に着いたブライル様が料理を眺めながら呟《つぶや》いた。わたしも続いて席に着く。

そしてお祈りをした後、いつもとさして変わらない夕食が始まった。

返す返すも、旅に出ているとは思えないぐらい、本当に豪華で優雅な食事である。但し周りに木々が鬱蒼《うっそう》としていて、動物たちの鳴き声がしなければの話だが。

「ブライル様、飲み物はどうされます？　少しならワインもありますけど」

ちなみにワインは料理に使う為に持ってきた物だ。ブライル様たちが夕食時に飲んでいた残りなので、物は良い筈《はず》だけれど、開けて時間が経っているから味は落ちているだろう。

「いや、必要ない。少人数の野営にアルコールは禁物だからな。二号も飲まないように」

「飲みませんよ。というかお酒飲んだことないので」

「そうなのか？　成人はしていると聞いたが」

「ええ、成人なら三年も前に。でもお酒は贅沢品《ぜいたくひん》なので、これまで買う余裕はなかったのです」

前に働いていた星屑亭《ほしくず》の給金だと、自分一人生活するだけで精一杯だったし、頑張って節約してちょっとでも余裕ができたら、それは食材や調味料を買うのに使っていた。

酒場で楽しそうにワインやエールを飲んでいる同年代の若者を見ると、少しは羨《うらや》ましい気持ちもあったけど、それよりも美味しいものを作って食べることの方が、わたしにとっては有意義だと思ったからである。

といってもお酒に興味がないわけではない。

「フム、ならば近いうちに飲ませてやろう。嗜《たしな》みとして少しは経験していた方が良い」

「本当ですか？　わあ、ありがとうございます」

もう少し生活に余裕ができたら、一度試してみようと考えていたのだけれど、思いがけずブライル様からの提案があった。お貴族様の飲むお酒なら、美味しくて、さぞかしお高いのでしょう？　それを無料《タダ》で飲ませてくれるとは、なんて太っ腹！

「それにしても森の中で、こんな料理が食べられるとはな」

そう言って豚肉の最後の一片《ひとかけら》をソースに絡め、名残惜しそうに口の中へ放り込んだ。移動や外の作業ばかりで空腹だったのか、いつもより食べる速度も早い。

満足してくれたようだし、わたしとしても仕事が果たせて良かった。

「魔物討伐の時はどうだったのですか？　騎士団も貴族の方々が多いのでしょう？　それなりの物が用意されていそうですが」

「……討伐の遠征か、あれは最悪だったな」

当時を思い出したのか、無表情の筈の眉間《みけん》に深い皺《しわ》が刻まれた。そんなに嫌な思い出なのか。

「確かキマイラの群れを討伐する時だったか。いつも通り料理人を連れて行ったからな、最初はまだマシだった。といっても腸詰めソーセージや燻製《くんせい》肉を焼いただけの物に、スパイスの効き過ぎたスープばかり食わされたな。それにパンもこんなに柔らかくはなかった」

ブライル様は、皿に残っていたパンを突《つつ》く。

このパンだって、いつも研究所で食べているパンよりは日持ちがする分硬い筈だ。それよりも硬いとなれば、庶民が旅で食べるパンに近い物だったのかもしれない。

「遠征なのだから仕方ないと割り切ってはいたのだが、同じメニューばかりの上に美味くない、しかも量だけは多いのだから堪えたな」

料理人を連れて行くとはさすが貴族、と言いたいところだが、そこはやはり騎士団だった。戦う男には味はどうあれ大量の料理を出しておけば良いとの判断なのだろう。

それにしても今日のブライル様は良くお喋《しゃべ》りになる。そういえば都会暮らしの人が自然豊かな場所に来ると、とても解放的な気分になると聞いたことがあった。日頃から多忙な業務に追われているブライル様も、きっとそういう気分なのだろう。

「その討伐も終盤に差し掛かっていた頃に、運悪く物資隊が魔物に襲われたのだ。勿論《もちろん》食料を積んだ馬車も被害を受けて、殆《ほと》どの食料が駄目になった」

「うわー、悲惨ですね」

「それで一度退却することになったのだが、一番近くの町に行くのにも数日かかる。その間飲まず食わずというわけにはいかないから、自分たちで狩りや採取をするしかなかった」

お貴族様が自らの命を繋《つな》ぐ為に狩りをするなんて、ちょっと想像がつかない。しかしそれだけ追い詰められた状況だったのだろう。

「基本、魔物が強い場所に動物は少ない。己が餌になってしまうからな。だから狩りは苦戦した。夜になって、今日も具のないスープだけか、と皆が落胆していたところに、何処ぞの子爵家の息子がしたり顔で戻って来た。その手には矢が刺さったままの鳥を持ってな」

「わ、良かったじゃないですか。でも、あれ？　矢って……」

「ああ、しかも首まで付いたままだったから、今まさに捕らえた物だと思った。だがあの男は皆の落胆した顔が見たかったからと、朝に獲った鳥を夕食を摂る直前まで隠していたのだ」

「あ、もしかして……」

「そう、血抜きも何もされていなかった。それを知らない私たちは、有り難くそれを食ったのだ。そしてあまりの臭さに悶絶《もんぜつ》した」

「うわー……」

まず血抜きをして、すぐに食べない場合は水に浸けるなどの処理が必要なのだ。そうしないと臭くて食べられたものじゃない。絞められてもおらず、且つ矢が刺さった状態なら、流れ出る筈の血も体内に残ったままだったのだろう。

聞けば聞くほど不憫《ふびん》で可哀想である。知らないところでブライル様も苦労されていたのね、と涙したくなった。

「それ以降、私は不味い物は食べないと決めた。いくら遠征や旅に出てもだ」

そう力強く断言したブライル様に、いつものように食後のお茶をお出しする。おお、と一瞬喜んだ声を上げたものの、ここが森の中ということを思い出したのか、すぐに無表情に戻った。若干しょんぼりしているようにも見える。

わかります、わかります。例の『ブッ』がなくて物足りないのですね。

わたしは最後に作ったチーズケーキをこっそりと取り出し、ブライル様の前に置いた。

「に、二号！　これは……」

その驚いた顔といったらもう。

「食後のデザートです。召し上がられますよね？」

「も、勿論だとも……。料理だけでも驚いたのに、まさかこんな物まで用意しているとは。ああ、お前はなんと優秀な弟子なのだ！」

ブライル様にここまで褒めちぎられると、ちょっと気持ち悪い。おとなしく食事を作っていろと言われていた頃から考えると、えらい変わり様だ。でもそれだけ感動してくれたということだから、有り難くその言葉を受け取ろうと思う。

こちらこそ一日中御者を受け持ってくださって、ありがとうございました。但し、手抜きとはいえ、こうしてまともなデザートが出せるのは今日だけですので。

満足気にデザートを食べるブライル様を見ていると、こちらもほんわかした気持ちになってくるのだから不思議だ。

そして夕食の片付けも終わり、あとはもう寝るだけだ。でもその前に軽く身を清めたい。

「ブライル様。たらいを持ってきたのですけど、汗を流されますか？」

「たらい？」

ブライル様の前で、少し大きめのそれを掲げる。

これは、わたしが一人で暮らしていた時に使っていた物であり、いつかまた使う時が来るかもしれないと、研究所に引っ越してきた時に持ってきていたのだ。そうして早速その時が来た。

いくらブライル様に不自由はさせられないと思っていても、さすがにお風呂《ふろ》は用意できない。なので今回はこのたらいで勘弁願いたい。

「私は後で良い。お前が先に使え」

「えっ⁉　あ、そうか、そうでした！」

「どうした」

「い、いえ、別に……」

「何だ、はっきり言え」

「だ、だから何でもないと……」

もごもごと口籠《くちご》もっていると、目の前で不審げに眉《まゆ》を寄せられた。

違うのです。違わないけど、違うのです。

この場で自分が身を清めるとなれば、その近くにブライル様もいらっしゃるということに、今考えが至ったのです。本当に、たった今。

わたしの不自然な言動にピンときたのか、ブライル様はその綺麗《きれい》なお顔でとんでもないことを言い放った。

「安心しろ。覗《のぞ》く趣味はない」

「ののの、覗くって！」

べ、別にお風呂みたいに全部脱がなくても良いし、馬車の陰に隠れて手早く済ませば、何も問題はないし。

そもそもブライル様が覗くなんて考えてないし！

ただ、いくら見えないといえど、男性のいる場所ではさすがに……。

「人前で自ら服を捲《まく》り上《あ》げておきながら、汗を流すくらいでよく恥ずかしがれるものだ」

「ですから、あれはショースを穿いていたからだと……！」

脚を出すのと胸やら何やらを晒《さら》すのとは違うという思いを込めて反論してみたが、ブライル様は何の興味もなさそうに剣の手入れを始めた。

確かに旅の途中では仕方ないことだ。嫌がっていては汗を流せない。

それにわたしだってこういった経験がないわけではない。子供の頃は、家の前で全裸になって近所の子供たちと一緒に水浴びをしていたのだから。

それに旅をした時だって、知らない人のいる近くで汗を流した。その時はもう一人いた女性と交代で見張りをしていたのだけれど。

だけどここには女はわたししかいないのだからしょうがない。しょうがないのだ。

パッと体を拭《ぬぐ》って、パッと終わらそう。そう決めて、馬車の裏に駆け込む。

しかしその陰は焚《た》き火《び》の明かりが届かなく、薄暗い。しかも目の前には暗闇の森が広がっている。

途端に怖くなってしまい、結局「ブライル様いますかー⁉」と、声をかけながらの入浴となった。

本当に申し訳ない。

「一体何なんだ、お前は」

烏《からす》の行水ながらもさっぱりして出てきたわたしに、ブライル様が呆《あき》れた視線を投げかけてくる。

「女らしくしろと言えば文句を言い、汗を流せと言えば恥ずかしがる。しかもその最中、ずっと声をかけてきて。入浴中に男に声をかけるなど、ふしだらだと思われても当然な行為だぞ」

「だって仕方ないじゃないですか。怖いものは怖いのです。ブライル様もあの暗闇を前にすればわかります」

またしても呆れた顔で溜《た》め息《いき》を吐いたブライル様は、馬車の荷台から、簡易の灯りを一つ取り出してわたしに寄越した。

「明日からはこれを使え」

「……どうしてもっと早く出してくれなかったのですか」

「その前にお前が走って行ったのだろう。入浴中の女性に声をかけるなど、その気もないのにできるものか」

「だ、だけど二人しかいないのですから、そこは協力と思いやりの心を持ってですね……」

「二人しかいないから配慮してやったのだ。ああ、お前がそんなに欲しかったのなら、今からでも出してやろうか、その気を」

「い、いいいえ結構です！　ご迷惑をおかけして申し訳ありませんでしたっ」

なな何だ、その気って⁉

それにその顔から突然色気を垂れ流さないでほしい。心臓に悪いのですっ。

慌てて視線を外し、その場の雰囲気から逃げるようにお茶の用意をする。騒《ざわ》つく心を落ち着かせる為に、そして一応寝る前だからとハーブティーを淹れた。

そして次に振り返ると、ブライル様は何事もなかったように剣の手入れを続けていた。本当に何なんだ、この人は。

「そういえば、今日お前が寄りたいと言った村があるだろう」

「村ですか？　ああはい、お願いしましたね」

「お前はあの村に行ったことがあるのか？」

「いいえ、初めてですけど。どうしてですか？」

香りの良いハーブティーを飲みながら、いきなりそんな質問をしてきたブライル様に首を傾げる。

「そうだな。村に入った時、何とも言えない顔をしていただろう？」

「……そんな変な顔していましたか？」

「ああ、何処かいつもと違う。不思議とそう感じたのだ」

変な顔なのは否定してくれないのですね。自分の顔くらい知っているから良いですけど。

しかし意外に観察力のあるブライル様に、少しだけ驚いた。確かにあの時、何とも言えない気持ちになったからだ。

「ちょっと故郷を思い出しただけです。わたしの育った村もあんな感じだったので」

「お前の故郷か。そこはベルムから遠いのか？」

「そうですね、馬車で二週間くらいでしょうか」

野を越え山を越え行った先にある小さな村だ。おそらく普通の地図にも載ってはいないかもしれない。

「二週間とはかなり離れているな。女性の身でその距離は大変だったろう」

「村から出てきたのはわたし一人ですけど、乗り合い馬車だったので、知り合いはいなくともどうにかなりました」

先程思い出していたのは、この旅のことだ。村から一番近い町に出て、そこからベルム行きの乗り合い馬車を使った。

一番近い町に出るのは、時々村に来る行商の人に頼み込んで、どうにか連れて行ってもらえた。

「故郷に帰りたいとは思わないのか？」

「え？」

「若い女性が王都で一人生活するのはとても大変だと思う。村だと仕事は少ないだろうが、故郷の方が家族もいるし良いのではないか？」

確かに生活は大変だった。

働いていた星屑亭《ほしくず》の料理は、庶民の感覚からするとそれなりに値段もしたが、それは良い食材を使っていたからだ。店主であるエッボのおじさんのモットーは『すこぶる美味い料理をなるべく安く』だった。なので店としての儲《もう》けはそれほど多くない。だからわたしの給金も決して多いとは言えなかった。

給金を貰《もら》う度、おじさんとおばさんが申し訳なさそうにしていたのを、今更ながらに思い出す。

「……そう、ですね。でも星屑亭のおじさんとおばさんはとても良い人でしたし、今の生活もそれなりに気に入っていますので、帰るつもりはありません」

「そうか、ならば良いのだ」

何が良いのかわからないけれど、ブライル様が納得されたのなら問題ない。

そこで話も終わったのか、もう寝ろ、と言われた。

「え、でも見張りが必要でしょう？　わたしは移動中に休めますので、ブライル様が寝てください。一日馬車を走らせて、ずいぶんお疲れでしょうし」

「そういうわけにはいくまい。女を見張りにして休むなど……」

そういうわけにいかないのは、こっちの方だ。ブライル様にちゃんと休んでもらわなくては、明日からの予定が狂うではないか。

「ならば交代にしましょう。わたしが先に見張りをしますので、ブライル様はその間に休んでください。三時間経てば起こしますから、その次はお願いします」

明日までに馬車の操縦を覚えられれば良いのだけれど、翌日からは更に山深い場所を通るらしいので、そんな場所は特に無理だろう。だからわたしにできることといえば、ブライル様に少しでも長く休んでもらうくらいだ。

「それではお前の負担が大きいだろう」

「大丈夫です。わたしは食事の支度やいろいろとすることがありますので、見張りのついでにそれらを済ませれば一石二鳥というものです」

頑なにそう言えば、渋々ながらも了承してくれた。

「良いか？　少しでも何かあれば、すぐに声を上げるのだぞ」

「はいはい、わかりました。おやすみなさい」

ブライル様は、寝る直前まで口煩《くちうるさ》い。

こうして一日目の夜は、賑《にぎ》やかなのか静かなのかわからないうちに更けていった。

◇◆◇

二日目も移動から始まった。

今日はとうとう魔のリベラド大森林に突入する。このリベラド大森林こそ多種多様な薬草が群生している場所であり、同時に様々な魔物の生息地でもあるらしい。ここに入ってからがこの旅の本番だ。これまで以上に気を引き締めていかなければならない。

昨夜は呑気《のんき》に、移動中は休ませてもらうなどとほざいていたが、そんな軽い雰囲気ではなかった。しかもこれまでとは比べ物にならない程の悪路を走るものだから、おちおち横にもなっていられない。結局昨日と同じように、ブライル様の横に座ることとなった。

途中、何匹か魔物を見かけた。しかしこっちに気付いている筈《はず》なのに、何故か襲ってくることはない。理由を聞くと、魔物避けを積んでいるのと、馬車の大きさに驚いているのだろう、と教えられた。幌馬車《ほろばしゃ》で来たのは正解だった。

魔物でも、得体の知れない大きなものは怖いのか、はたまた単に臆病《おくびょう》な性格だったのか。真実は魔物本人だけが知る。

そしてお昼の休憩を挟んで走ること数時間。ようやく目的地に到着した。

群生していると言うだけあって、同じ植物が辺り一面に生い茂っている。色は濃い赤緑で、いささか気持ち悪い。周辺の魔素を取り込んでいるらしいのだが、そのせいだろうか。

「この草がそうなのですか？」

「ああ。今回騎士団が依頼してきたのは傷液薬だ。必要な素材は覚えているか？」

「えーと、エモース草とアンセプ草の根とレスタの実、それと精霊水です」

「その通りだ。ここではこのエモース草を採取する」

日没まではまだ時間があるので、早速渡されたナイフと麻袋を持って腰を下ろした。サクサクと小気味良い音を立てながら、結構な速さで刈り取っていく。故郷の村では、実りの時期になると村人総出で収穫していたので、こういった作業はお手の物だ。

ちらりと横を見ると、魔物避けの配置を終えたブライル様も、懸命にナイフを動かしていた。お貴族様が農作業をしているようにも見えて、何だか微笑ましい。

しかも身体能力の高さからか、わたし以上の速さで採取していく。負けてなるものかと、わたしも必死に手を動かした。

そして気が付いた時には薄暗くなり、相当な量のエモース草が収穫できていた。

「こんなもので良いだろう」

「次はどれですか？」

「この近くでレスタの実が採れるのだが、今日はもう終わりだ。あまり動き回ると、ばったり魔物と出会うかもしれない」

「そ、それは危険ですね。止めておきましょう！」

無理は禁物だ。ここはもう魔物の巣窟《そうくつ》なのである。

なので夕食を作り始めてからも、ブライル様は昨日のように出歩くことなく近くで警護をしてくれた。

加えて魔物避けも効いているのか、幸いなことに今のところそういった危険はない。

ブライル様と魔物避けの効果で、怯《おび》えることなく料理ができる。ありがたや、ありがたや。

「明日は午前中にレスタの実とアンセプ草の根を採取する。そして午後からは、魔石だ」

夕食後、魔石を手に入れる為の作戦会議が始まった。

「……とうとう来ましたね」

「魔物避けは馬車に置いていくので、そうなるといつ遭遇するかわからない」

ちなみに今日の夕食は腸詰入りポトフと塩漬け肉のカツレツ、根菜のピクルスだった。ピクルスといえば旅では特に重宝するので、明日からも活躍してくれるだろう。

「二号、お前は私の後ろに付いておけ。そして魔物を見つけたら、安全な距離まで退避だ」

「わ、わかりました。でもその退避した先に新たな魔物が現れた場合は、どうしたらいいのでしょう」

「……全力で逃げろ」

「そんな無責任な！」

「しかし安心しろ、魔物には気配がある。近くに二匹以上いればわかるし、自分以上の力がある魔物がいる所に、下位の魔物が現れることは少ない。己の命が狩られるからな」

「じゃあわたしたちが下位の魔物を相手にしていた場合はどうなるのです？」

「上位の魔物が現れる可能性はある」

当然、みたいな顔で言わないでくださいよ！

ブライル様が戦っていて、わたしは逃げて、そこにもっと凶暴な魔物が現れて……。

「そ、そうなったら、わたしは死……⁉」

「死なせはしない。お前は私が守る、そういう約束だろう」

「ぶ、ぶらいるさまぁ……」

そうですよね、あの時約束しましたもんね！　ブライル様がいれば、ドラゴンやヒュドラじゃない限り、魔物の一匹や百匹どうとでもなりますもんね！

「それにお前が死ねば、帰りの食事はどうなる」

「……は？」

「いくら食材があろうと、それを上手く調理できる人間がいなければ何の意味もない。しかも城に戻ったら戻ったで、フェリクスにねちねちと言われるではないか。あいつの説教は長いのだ」

というと何ですか。わたしの命より、ブライル様はご自分の食事やフェリ様の説教から逃れる方が大事だとおっしゃるのですか。

「ブライル様」

「何だ」

「ぜーったいに守ってくださいっ。死んでも守ってください！　じゃないと化けて出てやりますからねっ。そして一生美味しいものが食べられなくなる呪いをかけますから！」

「勝手に恐ろしい呪いをかけるな」

せっかく感動していたのに、なんて御人だ。

そうですよね。お貴族様からすれば、平民の命なんて埃《ほこり》よりも軽いですもんねっ。

思ってもみなかった扱いを受けたことに腹を立てたわたしは、少しでもデザートの足しにと用意していたビスケットとマシュマロを取り出す。そして焚《た》き火《び》で炙《あぶ》ってトロトロになったマシュマロをビスケットで挟み、勢いのまま齧《かじ》り付いた。

「二号、何だそれは」

「何って食後のデザートですよ。うわーおいしー、サクサクでふわふわでトロトロー！」

「な、何故、お前だけ食べているのだ」

「食べたいならご自分で作れば良いじゃないですか」

そう言って、材料を差し出す。恐る恐るそれを受け取ったブライル様は、見様見真似で串《くし》に刺したマシュマロを炙り始めた。が、焚き火に突っ込み過ぎていたので、マシュマロに炎が上がり、あっという間に真っ黒焦げ。見るも無惨な姿になってしまった。

「二号……」

「ああもう、わかりましたよ！」

悲しそうに見てくるので、仕方なくブライル様用に一つ作ってあげると、そのでき栄えを見て満足気に頷《うなず》いた。

おーおー、美味しそうな顔しちゃって。密かに眉《まゆ》が動いていますよー。

実際には大して変わっていない表情だけれど、研究所で働きだしてから、その微妙な違いが日に日にわかるようになった。それがわたしには、何故だか嬉《うれ》しく思えた。

「魔法薬を作る時はあんなに器用なのに、何でこんな簡単なことができないんですかねぇ」

「料理は習っていないのだから当たり前だ」

マシュマロを炙るだけの行為を料理と呼ばないでいただきたい。

溜《た》め息《いき》を吐かれたことにも気付かず二個目を要求してきたので、今度は作ってきたブルーベリーのジャムを添えてみる。

「んっ、これも美味いな」

「良かったですねー、ミルクジャムもありますよー」

「何だと、それも早く作れ」

「ハイハイ」

こんなのんびりした気分で、本当に魔物と戦うことなんてできるのだろうか。少しだけ不安になったわたしは、いざとなったらブライル様を盾にしてでも逃げようと心に誓った。

しかし、それでもブライル様ならどうにかするのだろうなと、根拠のない思いが生まれたのも事実だった。


三日目。

朝から快晴で、まさに魔石狩り日和（？）である。ただし森の中は木々が鬱蒼《うっそう》としており、然程《さほど》日光の恩恵は与えられていないように思えるのだけれど、それでも植物がこんなにも生き生きとしているのは魔素のおかげなのだとか。

ただその魔石狩りの前に、まず薬草採取を終わらさなければならない。よし、今日も麻袋片手に、森の中を這《は》いずり回ろうではないか。

昨日エモース草を採った場所。そこを大きく囲うように、レスタの木を含む様々な樹木が並んでいる。レスタの実は、先日の傷塗り薬を作る際に見たことがあるので、どの木がそれなのかはすぐにわかった。

木自体は特に変わったところはなく、涅色《くりいろ》の幹や枝に、しっかりと緑の葉を付けている。けれどその先になる実が、眩《まばゆ》い程の橙色《だいだいいろ》で、とても目立つのだ。

それはまるで甘い果物のようで、見るからに美味しそうな姿をしているが、苦い上に酸っぱくて食べられたものではないと教わった。なるほど、だから鳥や動物に狙われることもなく、こんな鈴なりに実をつけているのか。

そしてこの実は一粒ずつ採るのではなく、木の下に大きな布を敷き、枝を揺すって布の上に落とすらしい。こうすれば短時間で収穫できる。ブライル様が実を落とし、わたしがそれを集める。なかなか良い連携だと思った。

予定通りの時間でレスタの実の収穫が終わり、最後はアンセプ草の根に取り掛かる。しかしこれだけは近くにないらしく、更に奥へと馬車を走らせた。

そして暫く行くと突然空間が開け、一面柔らかな色彩が敷き詰められた場所が現れる。

緑を包む淡い白。アンセプ草の主色は緑なのだけど、何故か優しい色合いの白の方が目を惹《ひ》く。その葉が風に揺られると、ここがリベラド大森林だということを忘れ、穏やかな気持ちにさえなってくる。

「へぇ、こんな綺麗《きれい》な所もあるのですね」

「これを綺麗と思うのは最初だけだ」

「どういう意味でしょう?」

「まあ、抜いてみればわかる」

ちょっとした感動にもあっさり水を差すブライル様を怪訝《けげん》な目で見つつも、実際にアンセプ草を抜いて驚いた。何故か傷液薬に必要な根だけは、どれも見事な藍《あい》緑色に真っ黒な斑点《はんてん》が浮き出ていたのだ。こんな柔らかな印象の植物なのに、日に当たってもいない根の部分が一番はっきり且つ毒々しい色だなんて、この上なく奇妙である。

「これはなんというか……、不思議な植物ですね」

「それ自体に含まれる魔素が多いと、こういった変わった色になるらしい。傷液薬にはこの根を使うが、葉の方も別の物の素材になる」

「捨てる部分は何もないってやつですか。わたし、そういうの大好きですよ」

譬《たと》えるなら人参一つをとってみても、葉は炒《いた》め物に、皮はスープの出汁用に使ったあと、細かく刻んでミートソースに入れたりする。そういう無駄がない使い方をすると、言い知れぬ達成感を覚えるのだ。

研究所で勤めている今は節約など必要ないけれど、こういった節約は密かに行なっている。いくらブライル様から食費をたっぷりいただいていても、経費はかからないに越したことはない。

そんな無駄のないアンセプ草を、根が千切れないよう丁寧に抜いていく。抜いては麻袋に詰め、詰めてはまた抜く。それを繰り返し、いつの間にか過剰量を採取していた。少々熱中し過ぎて、気づいたら腰が痛くなっていたけれど。

この量があれば、依頼分を作成しても暫くは補充しなくても良いとブライル様が満足気に頷いた。

これで傷液薬に必要な素材はすべて集まった。精霊水は、魔法で生成した水や綺麗な湧き水に浄化と聖の加護の術式というものを組み込んだ魔石を一晩沈めれば、翌日にはでき上がっているらしい。魔石とはなんと万能なのだろうか。

そしていよいよその魔石に挑む時が来た。

「良いか。魔物に遭遇するまでは、絶対私から離れるな」

「は、はい」

もう魔物避けはないのだから、いつ襲撃されてもおかしくない。こうして話している今も、突然背後から襲われる可能性があるのだ。

理解しないまま腰に装着された短剣を、ぎゅっと握り締める。用心の為にと、無理やりこの短剣を持たされたが、これが武器なのだと思うと手が震えてきた。

包丁の方が持ち慣れていると訴えてみたが、包丁の強度では魔物とは戦えないと敢え無く却下された。

え、わたし戦うのですか？　違いますよね？

少し歩いたところでブライル様が立ち止まり、後に続いていたわたしも慌てて止まった。そして木の陰に身を隠し、そっと前方の様子を窺う。ここからは小声で喋《しゃべ》るよう指示された。

「……いたぞ、キラーアントだ」

「うわー……」

本当だ。本当に魔物がいる。

ブライル様が指差した方向、立派な樹木が立ち並んでいる場所に蟻型の物体を確認した。体長一メートル程もあるそれは、全身が光沢のない黒灰色に包まれている。

そしてこれまた五十センチ程もあるミミズのような生き物を前足で器用に押さえ、鋭い顎《あご》を突き立てている。どうやらお食事中のようだ。ミミズ（仮）も、最後の抵抗なのか必死に蠢《うごめ》いている。

「これは……とても気持ち悪いですね」

「獲物に夢中だな。今なら気付かれずにやれる」

ブライル様はそう言って、おもむろにキラーアントへ向かって手をかざした。

「な、何をされるおつもりですか⁉」

「向こうが気付くのを待ってやる道理はない。ここから奴の戦力を削いでやるのだ」

次の瞬間、ブライル様の掌から放たれた氷の刃が無防備なキラーアントの体を真っ直ぐに貫いた。

「ギィイイイイイイイ‼」

「ひぃ！」

この世の物とは思えない断末魔。現実だと思いたくない命の叫びに、目を背け、耳を塞《ふさ》ぎたくなる。

一方で慣れた様子のブライル様は、いきなりとんでもない速さで走りだすと、一瞬で距離を詰め、その勢いのまま手にした剣をとどめとばかりに振り下ろした。そしてキラーアントの体は真っ二つに裂ける。あっという間のことだった。

驚いて声も出ない。

魔物のこともそうだが、魔力注入以外でブライル様の魔法を見たのは初めてだったからだ。それがこんな強力なものだとは思いもよらなかった。

わたしが使っているものとは、まったくの別物だ。わたしが使うのは家事を楽に熟す為の、所謂《いわゆる》生活魔法と呼ばれるもの。少量の水や氷、火を用途に合わせて作り出すだけ。

けれど同じ魔力と呼ばれる力を使って、ブライル様は一つの生命を絶った。それを目の当たりにして、安堵感《あんどかん》と恐怖がぐちゃぐちゃに混ざり合う。

使い方が違うだけだ。魔力の大小はあるにせよ、わたしの中にも命を奪うだけの力が存在するのだ。それを知って、途端に何かが怖くなった。

「二号、来い」

ブライル様の呼ぶ声で、はっと我に返る。

「も、もう大丈夫なのですか？」

「ああ」

言われるがままに近付くと、切られてもなおピクピクと痙攣《けいれん》していたキラーアントの動きが、漸《ようや》く止まるところだった。そして命を終えたその体は、いきなりどろりと溶けだし、その形をなくしていく。

「ひっ！　何ですか、これ⁉」

「魔物の体を作っているのは魔素だ。命が尽きれば、魔素は地に還っていく。そしてまた別の何かの養分となるのだ」

源の循環。それは自然界に存在する魔素が、決して消滅しないことを意味していた。

「はあ……、魔素というのは本当にすごいのですね。薬草を育て、魔物も作り出すとは」

「そして残るのは」

黒ずんだ地面から、ひょいと拾い上げたそれが――

「魔石だ」

わたしの求める物そのものだった。

摘み上げたそれは、魔の石という名から想像する印象とは程遠く、深い紺瑠璃《こんるり》がとても綺麗な石だった。

「日の光に翳《かざ》して見ると良い」

掌に落とされた石を太陽に掲げて覗《のぞ》き込むと、内部に小さな光がキラキラと舞い、まるで星が降ってくるような感覚を覚えた。

「わぁ……！」

「悪しき存在とされる魔物の中に、このような燦爛《さんらん》たる物が隠されているとは、何とも不思議なことだな」

そう言いながらブライル様が瀕死《ひんし》のミミズ（仮）にとどめを刺すと、これもキラーアントと同じように溶けてしまった。しかし体の大きさが違うからか、ミミズ（仮）の魔石は小さ過ぎてさして使い物にならないらしく、一瞥《いちべつ》するだけで触れもしなかった。

「その中に魔力を注入し、術式を組み込むことで様々な効果を発揮することができる。まずは魔力を注いでみろ」

「やってみます」

クリス先輩に教わったことを思い出し、指先から魔力を放出する。すると魔法薬作りの時と同じように結構な量の魔力を吸い取られた。そして充分に魔力が注入されると、魔石は何故か浅葱色《あさぎいろ》に変色した。

「え、え……？　どうして⁉」

「魔力が満たされた証拠だ。それが切れてくると、段々元の色に戻ってくる。そして魔力が完全に切れれば、この魔物たちのように溶けて消えてしまう」

「それじゃあその機会を逃すと、また魔石を取りに来ないといけないのですか？」

「安心しろ。強力な魔法を発動しない限り、そんな簡単に切れるものではない。お前の欲した冷却装置のような単純な魔道具なら、たまに補充するだけで充分だ」

「あ、なんだ、良かった」

魔石が消える度に、こんなところまで足を運ばなければならないなんて、危険且つ面倒過ぎてぞっとしてしまう。

「ただこの大きさだと、もう少し数が必要だな。二号、まだ魔力は残っているか？」

「それは大丈夫ですけど……。これで終わりじゃないのですね」

溜め息《いき》混じりに呟《つぶや》く。当分攻撃魔法を見たくない程には、その威力にショックを受けているのだ。

しかし、そんなことを言ってはいられないのもわかっている。ここはリベラド大森林で、ブライル様が言うように、まだ魔石が足りないのだから。ならば狩るしかないのだ。

「なんだ、冷却装置は諦《あきら》めるのか？」

「い、いいえ。……そうですね、頑張ります。冷やされるのを待っている食材の為にも」

「氷菓子のことも忘れるなよ」

「本当にブレませんね、ブライル様」

そうしてわたしたち……というかブライル様は、偶然遭遇したり、居場所を察知できた魔物を尽《ことごと》く狩っていった。

ゴブリン、オーク、火蜥蜴《とかげ》、大毒蜘蛛《どくぐも》……等々。沢山の魔物と出会い、同じ数の魔石の中から使える大きさの物を選別していった。わたしは言われるがまま、それに魔力を注入していく。

その作業を繰り返すことで、今更ながらここは本当に魔物の巣窟《そうくつ》なのだと実感していた。そして今は手元にない魔物避けの効果も。

「ブライル様。つかぬ事をお聞きしますが、魔物避けとは一体どのような物なのでしょう」

「魔物避け？　今回使用したあれは、魔法薬と魔石を掛け合わせた物だが」

「掛け合わせる？」

「ああ。一般的に使用されている魔物避けは、魔物が嫌う匂いを発する物質から作った魔法薬の一種なのだが、今回はその効力を魔石に移してみた」

「何故魔石に移す必要があるのですか？　魔法薬だけでも充分なのでは？」

「魔物は強さに反応する者が多い。そして魔力もその強さの一つだ。昨日も言った通り、自分より強い者は自然と避ける傾向にある。私の魔力を込めた魔石に、魔物避け本来の効力を掛け合わせれば、より強力なものができ上がるのではないかと考えたのだ。しかし我ながら中々使えたな」

ブライル様が思い出すように目を細め、顎を撫《な》でた。これは何かに満足している時の表情だ。

「考えたって……、元々あった方法ではないのですか？」

「これを思い付いたのがつい先日で、今回初めて試してみたのだ」

「…………は？」

「リベラド大森林に来るに当たって、普通の魔物避けだけでは心許なかったからな。言っただろう、護衛が必要だと。魔物避けを持っていたとしても、ここの魔物には中途半端な効果しかなかった筈《はず》だ。そうなれば素材採取の間も余計な戦闘が増えていただろう。今回は時間も人数も極端に足りない状況だった。なので試験的に使用してみたのだ」

「はあああああ⁉　ブライル様言ったじゃないですか、魔物避けを持っていくから大丈夫だって。あんな自信満々にっ。それが試験的⁉」

「成功する確信はあった。それにちゃんと効果があったのだから良いではないか」

「それはそうですけどっ……」

そんなことは今だから言えるのだ。もし効かなかったらどうするつもりだったのか。わたしが薬草採取している間、ずっと魔物と戦っていたとでも言うのか。

やり場のない苛立《いらだ》ちを、ぐぐ、と抑え込む。

駄目だ、堪えろ。

これまで危険な目に遭わなかったのは、そのブライル様の魔力のおかげなのだ。新たに開発した魔物避けが有効なのだとしたら、置いてきた馬車だけは安全なのだろう。そこだけは安心できる。

そう自分に言い聞かせた。

ああ、早く馬車の所に帰りたい。

「もうそろそろ良いのではないですか。早く戻らないと、暗くなってきちゃいますよ」

魔石も充分過ぎる数を回収することができた。これまた過剰分である。なので余った数の半分は、ブライル様にお裾《すそ》分《わ》けした。

元々自分の分の魔石も取る予定だったのだろうけど、その数が予想外に多かったのだろう。またしても満足気な顔を見せてくれた。

しかしその表情はすぐに真剣なものへと変化した。そして何かを探るように、辺りの様子を窺っている。

「……そうだな。あまり良くない気配も近くにあることだし」

「え、」

「二号、お前はあの木の後ろに隠れていろ。そして頃合いを見て、安全な距離まで離れるのだ」

ブライル様がそう言ったまさに次の瞬間、反対側から地響きのような音が鳴り響いたのだ。そしてその方向から、今までとは比べ物にならない大きさの魔物が飛び出してきた。

トロール！

それも最悪なことにキングトロールだ！

「――――ッ‼」

突然のでき事に声も出ない。それどころか足が竦《すく》んで動かない。

見上げる程の巨体。灰色がかった皮膚。窪《くぼ》み過ぎて見えない目と、ちょっとした動物なら丸呑《まるの》みできそうな大きな口。こんな化け物のような魔物が、すぐ近くにいたというのか。

「早く行け！」

背中を押され、その勢いのまま、どうにか走ることができた。そして言われた通り、大木の裏へ張り付くように隠れる。

すぐに戦いが始まったのだろう。背後からキングトロールの咆哮《ほうこう》と互いの攻撃による衝撃音が聞こえてくる。

怖い、怖い怖い怖い！

でもどうにかして逃げなければ。

気付かれないようそっと顔を覗かせると、キングトロールの丸太のような腕が振り下ろされるところだった。

「ひっ！」

ブライル様がそれを軽やかに避ければ、さっきまで立っていた場所に巨大な拳《こぶし》がめり込んだ。とんでもない怪力だ。わたしのいる所まで振動が伝わってくる。

反撃とばかりに剣で切りかかるも、キングトロールの皮膚が硬い為か弾かれてしまう。オークや火蜥蜴でさえ、ブライル様の剣は通用していたのに。

それだけキングトロールという魔物は強敵ということだ。

さして通用しない剣は諦めたのか、ブライル様は魔法攻撃に切り替えた。

ただ氷魔法で貫こうとするも、やはりその皮膚や筋肉に阻まれて、今ひとつ効果が薄い。火魔法でも同じだ。傷を付けることはできるのだが、致命傷となるまでは届かない。

ブライル様からすれば、もう少し距離を取り、魔法の威力を上げる時間が欲しいところなのだろう。しかし離れようとしても、間を空けるとすぐにキングトロールが攻撃を仕掛けてくるので思うように動けない。

速さではブライル様が上回っているのに、敵からの衝撃が強くて、攻めあぐねている状態だ。

「く……っ」

どうしよう、このままじゃブライル様が……。どうにかして魔力を集める時間を稼ぐ方法を考えなきゃ。

反対側に出て行って、こっちに気を引かせる？　ううん、それじゃわたしが攻撃される。そしてわたしはブライル様みたいに避けられないから、一瞬で死んでしまう。

……駄目だ。ブライル様が怪我をされるより、わたしが死んだ方が良いのだろうけど、生憎まだ死にたくない。

結局わたしは魔法を使うくらいしかできないのだ。この距離からだと充分な威力も作れるだろうけど、しかしブライル様みたいに強力な攻撃魔法が使えるわけでもない。

たった数秒で良い、どうすればキングトロールの攻撃が止まる？　どうすればあの巨体の動きが止まる？

わたしに、何ができる？

ハッと顔を上げた。

もしかしてこの方法ならいけるかもしれない。

覚悟を決めろと、拳を握り締め、喉《のど》を鳴らす。そしてキングトロールの方に向かって手を突き出し、そこに魔力を集めていった。普段使っている生活魔法じゃ考えられないくらいの魔力を。わたしにはこれくらいしかできないから。

「土よ、お願い……！」

唱えた瞬間、魔力が流れ出し、キングトロールの目の前の地面に深く大きな穴を開ける。そう、獲物の方向に踏み出し、そして次に足を下ろすであろう場所に。

「グアアア⁉」

案の定、突然現れた穴に対応できる筈もなく、片足を突っ込んだ。そのまま体勢が崩れ、それを整えようと攻撃の手が止まる。

ブライル様はその隙を見逃さず、キングトロールから距離を取る。そして手にしていた剣を、敵の目に向かって思い切り投げつけた。

硬い皮膚で覆われた体で、唯一柔らかい目玉。キングトロールの目は窪んで、的は限りなく小さい筈なのに、少しの狂いもなく吸い込まれるように刺さっていった。

「ギャアアアアアアアアア！」

痛みと片目の視力を奪うことで敵の動きを封じ、その間に集めた魔力が膨らんでいく。

「滅するが良い、愚鈍な魔物よ」

言葉と共に、大きく威力を上げた氷の刃が、巨体の中心を貫いた。

「オオオオオオオオオオオ！」

森を震わせる程の絶叫。それと共に、キングトロールの体は揺れ、背後の木を巻き込みながら倒れた。

そして大きな山が溶け始める。絶命したのだ。

「……や、やりましたね。ブライル様」

「二号」

すべてがあっと言う間のでき事で、気が抜けたのだろう。ブライル様に駆け寄ろうとしたが、足がもつれてべちゃりと転んでしまった。

「何をしているのだ」

「す、すみません」

「見せてみろ。ああ、血が出ているではないか」

膝《ひざ》を擦りむいたことで、ショースに血が滲《にじ》んでいる。ブライル様はそれを脱がし、水で血を流した後、傷液薬を振りかけた。

あ、こういった場合に脚を見せるのは大丈夫なのか。

「痛っ！」

「我慢しろ」

「こ、これ結構沁《し》みるのですね」

「薬だからな。……それより、二号」

「はい」

「何故逃げなかった」

「えっと、それは……」

「隙を見て逃げろと指示した筈だ」

怒りを交えた静かな菫色《すみれいろ》の瞳《ひとみ》が、わたしを捉《とら》えた。初めて見る表情だった。

「だってあの魔物、すごく大きくて、強くて……」

「私では勝てない、そう思ったか」

「そんなことは、ないですけど……」

でもブライル様が危ないとは思った。怪我をしたらどうしようとも思った。

「弟子にそう思わせるとは、私もまだまだということだな。しまいにはお前に力を使わせる羽目になってしまったのだから」

「ち、違います！　ブライル様はちゃんと守ってくださいました。あれはわたしが勝手にやってしまったのです！」

ブライル様は何も悪くない。そんな思いで伝えれば、もう良いとばかりに、大きな手がぽんと頭を撫でてきた。

「では師匠として、ちゃんとした力を見せてやろう」

「へ？　……きゃあ！」

しんみりした雰囲気の中、突然ブライル様に抱きかかえられ、わたしの体が宙に浮く。びっくりして慌てて目の前の首にしがみ付いた。

「ななな何をするのですか⁉」

「暴れるな」

そう言って、ブライル様は魔力を集め始めた。何故、と思うと同時に、再びあの足音が轟《とどろ》いてきたのだ。

そして現れたのは、またしてもキングトロール。さっき倒したものよりは一回り小さいが、強大な敵であることに違いはない。

「キ、キングトロールって、こんな簡単に出会うものなのですかあああ⁉」

「おそらく番《つがい》だろう。夫を殺されて逆上しているのだ」

魔物にも番という概念があるのか。魔素が魔物を作り出す筈なのに、それでも番が存在する。

魔物や魔素というものが、ますますわからない。

「余計なことを考えるな。しっかり掴《つか》まっていろ！」

「いゃあああああ！」

わたしの体を抱えたまま体勢を低く構えると、ブライル様は地面に向かって風魔法を発動した。

そして軽く飛ぶと、次の瞬間には空に飛び上がっていた。

あの大きなキングトロールが、いつの間にかわたしたちの下にいるではないか。

そしてブライル様は、風魔法を発動したまま、集めていた魔力を解き放った。

「愚鈍な夫と共に地に還れ、軽忽《きょうこつ》の魔物よ！」

魔力は一瞬にして黒い霧となり、キングトロールの全身を包んだ。そして最期の咆哮をも飲み込

むように、その巨体を溶かしていったのだ。

「す、すごい……っ」

さっきの魔法とは明らかに威力が違う。というか、こんな魔法は見たことも聞いたこともない。敵が絶命したのを見届けて、軽やかに着地すると、ブライル様は夫婦二匹の魔石を拾い上げた。今までとは明らかに大きさの違う魔石だった。それでもメスの魔石の方が小さいのは、やはり体の大きさが関係しているのか。

ブライル様はメスの魔石に魔力を注入していった。それでもかなり大きい魔石だ。吸い取られる魔力の量も多い筈《はず》なのに、ブライル様は平然としている。この人は一体どれだけの魔力を持っているのだろうか。

すると、オスの方の魔石をこちらに差し出してきた。

「二号、これに魔力を込めろ」

「え、でもこれはブライル様が倒したものじゃないですか」

「お前の助けがあって倒せたのだ。お前には受け取る権利がある」

「でもですね、わたし魔力がもう……」

そう言って断ろうとしたのだが、ブライル様はさもありなんとばかりに、小さな硝子瓶を取り出した。透けて見える中身は、おどろおどろしい色をしている。

「これを飲め」

「何ですか、これ」

「魔力回復薬だ」

「まりょく、かいふくやく」

あ、怪し過ぎる！

「い、嫌ですよっ。これは人間の飲む物じゃありません！」

「早くしろ、魔石まで溶けるではないか」

必死に抵抗したけれど無駄だった。鼻を摘まれ、無理やり喉に流し込まれたのだ。

「う、ん、ん……っ、に、苦いいいいい！」

「薬だからな」

無表情でそう言い放ったブライル様が、魔物よりも恐ろしく見えた。

その後、名の通りの回復力をみせた薬のおかげで、再び底をつくまで魔力を注入させられたのだった。


日が沈む前には馬車へと戻れた。そして着くなり馬や荷物に異常がないことを確認した後、少しでも安全な場所まで引き返した。

やはり魔物避けがあるということで、とても安心できる。これを手放した状態だと、あんなにも魔物に遭遇したのだから、効果に感謝する他ない。

そして夕食を作ることになったのだが、わたしはほぼほぼ魔力を使い果たしていたので、まだ余裕があると言うブライル様にいろいろと手伝ってもらった。

お貴族様に何をさせるのだ、と怒られそうだけれど、誰も見ていないし、本人が楽しそうにしていたので良いのだろう。

しかし料理にまで興味を示すのは勘弁してほしい。マシュマロを炙《あぶ》ることさえまともにできない御方が、フランベをしてみたいとおっしゃったのだ。なんたる戯言。

そもそも野営にそんな度数の高いお酒は持ってきていない。

そんな調理から賑《にぎ》やかな夕食を終えたら、湯を使うことなくブライル様は早々に休んでしまった。余程疲れていたのだろう。あんな恐ろしい魔物の数々と、たった一人で戦っていたのだから。

そんな功労者に対して申し訳ないが、数時間後にはいつも通り起こさせてもらおう。貢献度はブライル様の足元にも及ばないが、わたしも疲れているのだ。

それでもいつもより長く見張りをするつもりなのだから、そこは褒めてほしい。

片付けやら何やらがすべて終わり、ようやく一息つくと、仕舞っておいた袋の中から魔石を一つ取り出した。

焚き火《たび》の明かりで少し赤めいて見えるそれは、この世のものと思えない美しさである。なのに市場価値がほぼないのは、魔力が切れると消えてしまうから。もうこれは、わたしにしか使えないのだ。

ブライル様が頑張ってくれて、やっと今わたしの手の中にある。大事にしようと心に誓った。これが消えてなくならないように。わたしの魔力が燃料ならば、その魔力が使えなくなるまで注ぎ続けよう。

旅の目的を達成できたこと、そしてブライル様が無事だったことに感謝し、この美しい魔石を固く握り締めた。

四日目は帰還に向けて朝から出発する。この日は一日中移動に費やした。

リベラド大森林を抜けた時には、心底ホッとした。あんな恐ろしい魔物に襲われる可能性が、これでかなり低くなったからだ。

そして夕方前には一日目に立ち寄った村に到着することができた。たった数日離れていただけなのに、人の気配がとても懐かしく感じる。そしてそののんびりとした空気に安堵《あんど》してか、涙が溢《あふ》れそうになるのをぐっと堪える。

「ようやく人里に戻って来られましたね」

「ああ」

無表情でわかりにくいが、ブライル様でさえ嬉《うれ》しそうにしている。それほど人が生活している土地というのは有り難いのだと、今回身にしみて感じた。

「今日はここで宿を取ろうと思う」

「宿……、ありますかねぇ」

小さな村だから、宿屋はないかもしれない。かといって村の横で、お貴族様が野宿するのもおかしい。

とにかく、前に来た時に牛乳やチーズを買った店の女将さんのところへ話を聞きに行くことにした。

時間が遅いこともあって、女将さんは閉店の作業に追われていた。「すみません」と声をかければ、数日前と同じ笑顔で迎えてくれる。わたしたちを覚えていてくれたことに安心した。

しかしブライル様はこのおばさんが苦手なのか、少しばかり距離を置いている。前回のことを、まだ根に持っているようだ。

「おや、あんたたち。無事に帰って来たんだね」

「ええ、おかげ様で。それで今夜はここに泊まろうと思うのですが、この村って宿はありますか？」

「宿かい？　うちの裏手に小さいのが一軒あるけど」

「そうですか！　良かったですね、ブライル様」

そう喜んだのも束の間。おばさんは困った様子で頬に手を当てた。

「でも今日はどうかねぇ。珍しく旅商人の一行が来たから、部屋は埋まってるかもしれないよ」

女将さんによると、王都へ行く旅の商人が、時々この村に寄って行くのだと言う。

「うーん、とりあえず行ってみます。おばさん、忙しいのにありがとう」

「構わないよ。今度来た時にでも、また何か買っとくれ」

教えてくれた通りに裏手に回ると、宿の看板を掲げた建物があった。王都や街で見る宿屋とは違い、そんなに大きくはない。おそらく大人数は利用できないだろう。

その宿の扉を開けると、帳簿を付けていたと思われる店番の男が顔を上げた。

「お客さん、泊まりかい？」

「ええ、そうです。一泊なのですけれど、二部屋空いてますか？」

「生憎今日は大入りでね、二人部屋なら一つ空いているよ。それでも良ければ」

「一部屋だけですか。ではブライル様はそちらにお泊まりください。わたしは馬車で休みます」

そう言って、ブライル様に部屋の鍵《かぎ》を渡す。だけどブライル様は、「待て待て」と言ってわたしの腕を掴んだ。

「宿があるのに、何故馬車に戻る必要があるのだ」

「一部屋しか空いてないのだから、仕方ないじゃないですか」

「一部屋といっても二人部屋だ。主人、ベッドは二つあるのだろう？」

「はぁ、そりゃ勿論《もちろん》」

店番の男は、問われるままに頷《うなず》いた。

「というわけだ。人数分のベッドがあるのだから、そこで休め」

「でも同じ部屋というのは……」

「昨日まで同じ場所で寝ていたではないか」

「それは野営だったからで……。だけど寝る時は荷台に入っていたから、ある意味別の場所と言えるかもしれません」

「つまらぬことを言って手間を取らせるな。私は疲れているのだ」

ブライル様はわたしの腕を掴んだまま、さっさと二階に上がって行った。引きずられるように後を追い、続けて部屋に入る。

本当に疲れていたのか、外套《がいとう》だけを外すと、ブライル様はベッドに腰を下ろした。今日は移動だけだったが、ここ数日の疲れが溜《た》まっているのだろう。

わたしはそれを入り口の側で眺めていたが、急に心臓がそわそわし出した。なんというか、この場にいたくない。

「やっぱりわたし馬車で寝てきます」

そう告げれば、またしても腕を掴まれた。

「お前は何をそんな頑なに拒絶しているのだ」

ブライル様の怒ったような、困ったような、なんとも言えない表情でわたしを見つめている。それが益々心臓を騒つかせる。

「別に拒絶なんかしていません。ただブライル様は貴族でわたしは平民です。出で立ちだけで、立場が違うということが周りにもわかります。なのに同じ部屋で寝泊まりするというのは、外聞上宜しくないと考えただけです」

「それだけか？」

「え？」

「何故お前が今更そんなことを考えたのかは甚だ疑問だが、理由がそれだけなら問題ないだろう。私が命令すれば良いだけだ。同じ部屋で休めとな」

「……それはそうですけど」

貴族のブライル様が一言命令すれば、わたしはその命令を聞くしかない。

普段、命令という言葉を使わないブライル様が、こうして意図的に言ったのは、どうにかわたしをベッドで休ませる為だろう。その気遣いは嬉しいのだが、やっぱり同じ部屋で休むということに抵抗を覚えてしまうのだ。


その後、宿の食堂で夕食をとったのだけれど、メニューについてブライル様の不満が止まらなかった。

庶民の食べ物は貧し過ぎるとか、台所を借りてお前が作れば良かったなど。宿の従業員が下がってからだったのが、せめてもの救いだ。

それでも手を止めないのだから、味はそこそこだったのだろう。それに見張りが要らないこともあり、久々にワインを開けていた。

文句を言う割に楽しんでいるではないか。

しかも楽しんでいるついでに、口も滑らかになってきたようだ。

「それにしても、お前は緩いのか頑固なのかわからぬ。お前があんなことを言い出したのは、男と同じ部屋なのが嫌だとか、そういうことかと思ったのだが」

「……は？」

パンを千切っていた手が、ピシリと固まる。

「夜営で身を清める際に、何やら恥ずかしがっていたではないか。同室を嫌がるのも、その延長線上だと思ったのだ」

「……そんなわけ、ないじゃないですか」

「何だ、図星か」

ブライル様が笑った気がした。実際に表情は何も変わっていないのだけれど、わたしには確かに笑ったように見えたのだ。

「ち、違いますよ！」

勢いのまま口にすれば、皿の上に置いていたカトラリーがカシャンと鳴った。その音で、近くに座っていた他の宿泊客が、どうしたのかとこちらを窺《うかが》う。それを見たわたしは、慌てて声を潜めた。

「……身分の違いを考えれば、おかしいと言っているのです」

「そんなに貴族の身分を崇めるのなら、これまでのお前の言動も中々におかしなものなんだがな」

「そ、それは……本当に申し訳ありません」

確かにわたしの態度は、お貴族様に対して無礼過ぎるのだと思う。

馬車で気安く隣りの席に座ったり、冗談でも呪いをかけるなどと言ってみたり、他にも沢山。だけど想像していた貴族と比べて、ブライル様やフェリ様はずっとずっと優しかったから、わたしはかなり増長していたのかもしれない。

項垂れるように頭を下げると、その上に、ぽんと大きな掌が乗せられる。

「別に責めているのではない。そもそも私はお前にそういう態度を求めてはいないのだ。言っただろう、召使いではないと。お前はれっきとした弟子だ」

「でもわたしには、その違いがわかりません。召使いであろうと弟子であろうと、わたしが平民なことに変わりないじゃありませんか」

「お前の言う外聞上、表立った場所ではそういう態度も必要だろう。しかし私は弟子や近しい者に、普段から仰々しい身分の差を感じて接してほしくはない。フェリクスも同じ気持ちだろう。彼奴《あいつ》はやけにお前を気に入っているからな」

そう言われて、フェリ様の美しい笑顔とわたしを呼ぶ声が脳裏に浮かぶ。

「……そこでフェリ様の名前を出すのは狡《ずる》いです」

「何だ。私が言っても中々聞かないくせに、フェリクスには弱いのか？」

「だってフェリ様はあんなにお優しいじゃないですか。そりゃ懐きもしますよ」

「まるで私が優しくないみたいな物言いだな」

「いえ、そんなことはないです。ブライル様もブライル様なりに優しくしてくださっています」

本心からそう返せば、ブライル様は無表情のまま、グラスの中身を飲み干し、そして空になったグラスを差し出してきた。

「私なりとは？」

「え？」

「お前の思う私なりの優しさとは、一体どういったものだ」

こ、これは……フェリ様に懐いていると言ったから拗《す》ねているのだろうか。一応、ブライル様にも懐いていると言った方が良いのだろうか。師匠で雇い主なのはブライル様なのだから。

差し出されたグラスにワインを注ぎながら、わたしは必死に頭を回転させる。

「それは、えーっとこうして魔石狩りに連れて来てくださったり……」

「薬草採取のついでだがな」

「えーっと……魔物から守ってくださったり？」

「それは元々そういう契約だったからだろう。他には？」

「他には、他には……あっ、わたしが転んだ時に治療してくださいました」

「目の前で知っている者が怪我をしたら、普通手当てくらいはすると思うが」

「まあ、そうですけど。……というか、ブライル様」

「うん？」

「もしかして、わたしを揶揄《からか》って遊んでいませんか？」

「何だ、やっと気付いたのか」

そう言って、何とブライル様が、くくく、と声に出して笑ったのだ。もう一度言おう。あのブライル様が再び笑ったのだ！

まるで悪戯が成功した子供のように、それはそれは楽しそうに。

その笑い顔を真正面から直視してしまったわたしは、体中の血が一気に駆け巡るのを感じた。

普段無表情の超絶美形の人が笑うというのは、やはりとんでもない破壊力だ。

「どうかしたのか、二号。少し顔が赤いようだが」

「い、いいえ、別に。それよりブライル様も笑ったりするのですね」

「そりゃあ誰しも笑うくらいはするだろう」

「ですがブライル様が笑っているのを目の前で見たのは初めてです」

数日前、馬の世話をしている時に微笑んでいたのを見たが、あれは盗み見だったので数には入れない。

しかし、あの時こっそり見ただけでも、心臓が壊れそうになったのだ。今回の衝撃は推して知るべしであろう。

「まあ、ゲラゲラとそこかしこで笑う性格ではないな」

「ブライル様がそんなことになったら、とても恐ろしいです。世界も真っ青です」

「失礼な奴だな」と、おでこを軽く叩《たた》かれた。あの笑顔を見せられたあとだと、それさえもドキドキしてしまう。

「何というか、お前といるのは気が楽なのだろう。だからこうして、たわいもない話ができる」

「それは光栄です。ありがとうございます」

「お前は煩わしくないし、気を遣わなくても良い。それにお前という人間は、どこか興味深い」

「あ、ありがとうござ……いや、それ褒めてませんよね？」

「滑稽《こっけい》でいて、揶揄い甲斐《がい》があるところなど、実に弟子としての能力に溢《あふ》れている」

「もう絶対褒めてないじゃないですか！　というか、そんな能力要りませんよ！」

「ハハハハハ！」

全力で突っ込むと、またしてもブライル様は笑い始めた。その姿に、心音が早鐘のように鳴っているのがわかる。

本当に何なのだろう、この人は。わたしの心臓を止めるつもりなのだろうか。

でもその笑顔が本当に綺麗《きれい》で、楽しそうで。何故だか、誰にも見せたくないと思ってしまった。

フェリ様やクリス先輩、ブライル様が身内だと思っている人は良いのだけれど、それ以外の人にはどうしても見せたくない。

「ブライル様。今夜は少し饒舌《じょうぜつ》になっていませんか？」

「ああ、確かに。久しぶりの酒で酔ったのかもしれないな。そろそろ部屋に戻るか」

見ると、いつの間にかワインのボトルが二本も空になっている。いや、注いでいたのはわたしだけれども。しかも飲む速度までがいつもより速い為、酔いも早く回ったのかもしれない。

かといってフラフラもしていないし、部屋に戻る足取りも至って普通なので、本当に気持ち良く飲んでいただけなのだろう。

ただ、部屋に入ると、そのままの格好でベッドに横になってしまった。

「ブライル様、ブライル様」

「んー」

「湯浴みはどうされます？」

「んー」

「ブライル様、寝るならせめて靴を脱いでください」

「んー……」

「本当に寝てしまうのですかー?」

「…………」

「食後のデザートも要らないのですねー」

「…………」

あ、これ本気のやつだ。デザートにピクリとも反応しないなんて、これは絶対起きないと思う。

疲れが溜まっていたのと、アルコールで気が緩んでしまったのだろう。

とりあえず楽になるようにと、靴を脱がせる。そして念の為、つついてみて、揺すってみて、それでも起きないのを確認してから、ブライル様の眠るベッドに腰を下ろした。

「ブライル様ー、お布団被らないと風邪ひきますよー」

やはり呼び掛けても反応はない。なので、ここぞとばかりにその見目麗しいお顔を覗《のぞ》き込んだ。

わたしの髪がブライル様の顔にかかってしまい、少し擽《くすぐ》ったそうに身を捩《よ》じる。

こんな明るい場所で、ブライル様の寝顔を見るのは初めてだ。昨日までは、焚《た》き火《び》が照らす薄明かりの中、更に暗くなる幌《ほろ》の中まで起こしに行っていたから、はっきりとは見えていなかったのだ。

それにしても、なんて綺麗な顔をしているのだろう。

閉じていてもわかる、形良い切れ長の目。

筋の通った高い鼻に、艶《つや》やかな薄い唇。

男性なのにきめ細やかで滑らかな肌。

この美しさは、これまで数々の女性を虜にしてきたのだろう。

その美しい顔にある頬を、軽くつついてみる。

貴族のブライル様に対して、こんなことをしてしまうなんて、やはりわたしは無礼である。だけど誰も見ていない今だけは、どうか許してほしい。

「……わたしもですね、ブライル様やフェリ様、クリス先輩はまだちょっとわかりませんけど……、皆さんがいるあの研究所で働けることが、とても楽しくて仕方ないのです」

最後にブライル様の持つ漆黒の髪を一撫《な》でして満足したわたしは、ベッドから腰を上げた。

わたしも、もう寝よう。

今夜は見張りも、そして朝食の支度も必要ないのだから、ゆっくり休もう。

やっと明日、フェリ様たちの待つ研究所に帰れるのだから。


昨日はあんなに珍しい顔を見せてくれたブライル様だけれど、一夜経つと完璧《かんぺき》にいつもの無表情に戻っていた。

ああ、なんて勿体《もったい》無い。

「また笑うところ、見せてくださいね」

「フム、それはまたお前を揶揄っても良いということだな」

「わたしを揶揄う以外の方法では笑えないのですか⁉」

朝食の際の雑談中、ちょっと昨日の反撃をしようとしただけなのに、さらなる反撃に遭ってしまった。いつかブライル様をギャフンと言わせたいと思う。

ちなみに宿の朝食は、パンとチーズにスクランブルエッグという簡単な物だったが、中々に美味しかった。簡単な調理でも、素材が良ければ、それだけで充分満足できるものなのだ。

しかし食後に出された紅茶は、やはり庶民が愛飲する安物なので、ブライル様は一切手をつけなかった。きっと後でわたしが淹れなければならないのだろう。


宿を引き払った後は、それぞれに分かれて行動することになった。

ブライル様は馬車の様子を見に行くらしい。

そしてわたしはフェリ様たちにお土産を買いに、と思ったのだが、いかんせんこの村には名産品などがない。仕方ないのでお世話になった女将さんの店でチーズを購入することにした。これを使って、フェリ様たちに何か美味しい物でも作って差し上げよう。

買い物が終わった後は、少しだけ村を散策することにした。小さな村なので、そんなに見て回る場所もないのだけれど。

数軒しかない店を覗いたり、村での生活の様子を観察したり。

それにしてものどかだ。田舎特有ののんびりとした時間の流れが、やはり故郷を思い出させて懐かしくなる。

しかし、偶然通りかかった路地の奥で、何やらよろしくない雰囲気と出会った。数人の男の子が、一人の女の子を取り囲んでいるのだ。

嫌な予感がした。

「君たち、何をしているの⁉」

明らかに穏やかではない様子に、思わず駆け寄ると、

「やっべ、にげろ！」

「にげろー！」

男の子たちは、一目散に逃げていき、残ったのはわたしと、蹲《うずくま》って泣いている女の子だけだった。

逃げるくらいなら、最初からやましいことなどしなければ良いのに。

「大丈夫？　怪我してない？」

なるべく穏やかな調子で問いかけると、微かにだが首を縦に振ってくれた。暴力を振るわれると
ころまではいってなかったらしく、少しだけ安心する。

泣いていたのは、サンドベージュの髪に綺麗な青色の瞳《ひとみ》を持つ、七歳くらいの可愛らしい女の子
だった。そのさらさらの髪が乱れていたので、手櫛《てぐし》で優しく整える。

そして女の子が落ち着いてきたところで、ゆっくりと話しかけた。

「お名前、教えてくれる？」

「……カーヤ」

「カーヤちゃん。カーヤちゃんは、あの子たちに意地悪されていたの？」

「……うん」

「こういうの、初めてなのかな」

「……ううん」

「そっか。どうして意地悪されるのかわかる？」

苛《いじ》められている側のカーヤちゃんには、なんて酷な質問なのだろう。けれど暴力行為がない今なら、まだ答え易いかもしれないと思ったのだ。

カーヤちゃんは噛《か》み締《し》めていた唇を、勇気を出して解いてくれた。

「……あたしのおうち、おとうさんがいないの」

「うん」

「おかあさんも体がよわくて、あんまりおしごとができなくて」

「うん」

「すごくびんぼうだから村のみんなが、たべものとかわけてくれるの」

「そうなんだ。この村の人たちは、みんな優しいね」

「でもあの子たちに、あたしは村のやっかいものだって、びんぼうだからめぐんでやってるんだって言われて……」

「そっか」

頑張って言葉を紡いだカーヤちゃんの目に、再び涙が溢れた。それを必死に堪えようとする姿に、胸が痛む。わたしには、涙をそっと拭《ぬぐ》ってあげるくらいしかできない。

とりあえず彼女を取り巻く事情はわかった。だけどどうすればカーヤちゃんの抱える不安を取り除けるのだろう。

「お姉ちゃんはね、男の子たちが言ったことは嘘だと思うな。みんなカーヤちゃんや、カーヤちゃんのお母さんが好きだから、食べ物をお裾分《すそわ》けしてくれたりするのよ」

「すき？」

「だって嫌いな人や迷惑な人の為に、優しくしたいなんて思わないでしょう？　じゃあ優しくしてもらえるカーヤちゃんたちは、みんなに好かれているのよ」

その大きな瞳に、不安と希望が入り混じり、揺れる。カーヤちゃんはきっと、皆の優しさを信じたいのだ。

「……でも、どうせまたいじわるされちゃう」

「嫌だけど、そうかもしれないね。じゃあそうされない為にも、優しくしてくれる人みんなのお手伝いしてみるのはどうかしら」

「お手伝い？」

「そう。いっぱいお手伝いすれば、みんなの役に立つでしょう？　そうすればあのいじめっ子たちにも、お手伝いしたお駄賃だって胸を張って言えるわ」

皆の好意を恵んだ物だ、施し物だと言うなら、違う形に変えれば良い。子供なりの手段でも、できることがある。

それに手伝いをすることで、彼女の自信にも繋《つな》がると思うのだ。

「それにね、もしかしたらあの子たちはカーヤちゃんが可愛いから意地悪しちゃうのかも」

「なんで？　なんでそんなことでいじわるするの？」

「えっとね、可愛いって思っていても恥ずかしくて素直に言えなくって、だけど意地悪してでも自分のことを見てほしいっていう男の子が時々いるのよ」

「……なにそれ、へんなの」

「そうよね、変よね」

精神年齢の高い女の子からすれば、不思議かもしれない。しかし残念ながら、この世にはそういう風にしか気を引けない、悲しい生き物が存在するのだ。

愛だの恋だのという世界とは縁のないわたしが、偉そうに言えることではないけれど。

「でもカーヤちゃんがみんなのお手伝いを頑張って、みんなからもっともっと好かれたら、きっと意地悪なんかされなくなるわ」

「ほんとに⁉　どうして？」

「だってそんな頑張っている子に意地悪しちゃったら、自分たちがみんなから嫌われちゃうじゃない？　それに今は子供だからわからないかもしれないけど、あの子たちも大きくなれば多分わかるわ。こんなこと、しちゃいけないんだって」

「そうなんだ。じゃああたし、はやく大きくなりたい……」

カーヤちゃんが放ったその言葉は、わたしもかつて祈ったことのある切実な願いだった。

現実には、大人になっても善悪のわからない人がいる。だけど少しでも希望のある今、その話は必要ないのだ。子供たちが大人になった時に、初めて気付けば良い。

「大人になったカーヤちゃんは、きっと綺麗でみんなから好かれる素敵な女の人になるわ」

「ほんと？　おねえちゃんみたいに？」

「え？」

「おねえちゃんみたいに、きれいでやさしい大人になれるかな？」

ま、眩《まぶ》しい。希望を持ち始めた子供というのは、なんて眩しいものなのだろうか。

キラキラした純粋な問いかけに、思わず目を逸らしたくなる。

「……なれるわ。カーヤちゃんは、わたしなんかより、ずっとずっと素敵な人になるわ」

だってわたしは、綺麗《きれい》でもなく優しくもない、いたって普通の人間なのだ。真っ直ぐ育ったカーヤちゃんなら、いとも簡単に飛び越えてしまうだろう。

カーヤちゃんはその答えに満足したのか、段々と目に気力が宿ってきた。

「おねえちゃん。あたし、がんばるね！」

「うん、頑張って。いじめっ子になんか絶対負けちゃダメよ」

力強くそう言うと、カーヤちゃんは手を振りながら走って行ってしまった。

ちょっとでも元気になったのなら、良かった。

だけどいくら元気付ける為とはいえ、かなり無責任なことを言ってしまった。

本当に苛めが止まるかわからない。お裾分けがいつまで続くかわからない。手伝うことを評価してくれるかわからない。

それを知らない彼女は、初めて会ったわたしの言葉を信じて、必死に頑張るのだろう。そしてわたしは、彼女の幸せを願うことしかできないのだ。

そんな自己嫌悪に陥っていると、背後から聞き慣れた低い声が聞こえてきた。

「まるで教師のようだな」

「ブライル様、いつからそこに?」

中々戻ってこない弟子を探していたブライル様は、男の子たちが逃げて行く辺りから、このやり取りを聞いていたらしい。なんてことだ、ほぼ最初からではないか。

あんな会話を聞かれていたとは、気まずいにも程がある。

「そんな大層なものじゃないですよ。ちょっと経験者なだけです」

「経験者?」

「ええ。わたしも昔、苛められていたので」

こういった経験を持つ人間は、案外多いのだ。探せば、きっと至る所にいるだろう。程度の違いはあるにせよ、貴族の世界でもそう変わりはないに違いない。

なのでブライル様は、さして驚いた様子もなく、わたしの手を取り、いつもより早足で歩き出した。

そうだ、早く帰る用意をしなくては。フェリ様たちが待っているのだから。

いつもなら手を握られたことに、とても慌てると思うのだけれど、今は何故かそんな気持ちにならなかった。

「お前が苛められていたのは魔憑きが原因か?」

馬車が動き出し、しばらくして、ブライル様は口を開いた。わたしも聞かれるとわかっていたので、何の抵抗もなく答えることができた。

「ええ。村の子供たちに、魔憑きは魔物だ、悪魔だ、なんて言われて、よく小突かれていましたよ。あとは泥をぶつけられたり、汚い水をかけられたり、髪を結っていたリボンを取られたり」

子供というのは本当に無邪気で残酷で、新しい遊びのように苛める方法を思いつくのだ。しかしその方法を試される側は、たまったものではない。

「泥は洗えば落ちるからまだ良いのですが、リボンを取られるのは本当に嫌でしたね」

「リボン？　何故だ」

「わたしの母も体が弱くて、臥《ふ》せっていることが多かったのです。だけど頑張って、毎日髪だけは結ってくれて。その母がくれたリボンだから、とても大切にしていたのです」

「そうか。思い出の品なのだな」

「だけどそのうち起き上がることも難しくなって、髪を結ってもらうことはできなくなりました。嫌がらせが繰り返されるうちに、リボンも無くなってしまって……」

いじめっ子に食ってかかったりしながら、思いつく限り必死で探したけれど、結局見つかることはなかった。

あのリボンはどこにいってしまったのだろうか。人知れぬ場所で、寂しく朽ち果ててしまったのだろうか。

そんなことを思うと、少し悲しくなる。

見上げれば、昨日までとは打って変わって、空は曇天だった。こんなつまらない話をするにはちょうど良い、そんなことを思ってしまう。

「成長するにつれて、子供たちからの苛めは、少しずつですが減っていきました。だけど今度は村の大人たちが、わたしの両親に酷いことを言ってくるようになったのです。ううん、わたしが知らなかっただけで、昔からずっと言われていたのだと思います」

「その者たちは何と？」

「えーっとですね、魔憑きを育てる異常者め。魔憑きを産んだ異端者め。魔憑きはいつか魔物になって村を破壊するから、早くわたしを殺せ。それができないなら、魔物の棲《す》む森に捨ててこい。そんなところですかね」

「分別のつく大人とは到底思えない、中々に陰惨な発言だな」

「ええ、両親には本当に辛い思いをさせました」

淡々と答えるわたしとは裏腹に、ブライル様の美しい無表情がみるみる歪《ゆが》んでいく。

お願いですから、そんな顔をしないでください。ブライル様が心を悲しませる必要はないのです。

「お前こそ辛かったのではないか。実際にお前が何か被害をもたらしたわけではないのだろう？」

「でもわたしが魔憑きでなければ、両親にあんな思いをさせることはなかったので」

村の人の言葉がわたしの耳に入る度に、母は泣いてわたしに謝っていた。

ごめんね。

ごめんね、リリアナ。

普通の子に産んであげられなくて本当にごめんなさい。

守ってあげられなくて本当にごめんなさい。

そして父は、そんなわたしたちを強く抱き締めてくれた。

「だけど、そんな嫌な人ばかりがいたわけじゃありません。助けてくれる幼馴染《おさなな じ》みもいましたし、村の大人だって、魔憑きというだけで迫害するのはおかしいって言ってくれる人たちもいました。もちろん一番戦ってくれたのは、父ですが。それに表立って言えなくても、こっそり優しくしてくれる人もいました」

いじめっ子を叱ってくれたり、泣いているわたしにお菓子をくれたり、時には夕食を分けてくれたり。

母と同じように、ごめんねと謝ってくれる人もいた。味方になってあげられないことを、申し訳なく思ってくれていたのだろう。

「十三歳の時に母が亡くなって、嫌がらせの矛先はわたしと父に向かうようになりました。なので父はわたしと二人で村を出ようとしたんです。けれど、わたしがそれを止めました。村は父の故郷だったから」

「しかしお前の父親は、その故郷を捨ててでも娘を守ろうとしたのではないか？」

「ええ、きっとそうでしょうね。でも父は、村の外に出たことのない人でした。ずっとあの村だけで生きてきたのです。もしわたしを連れて村を出たとしても、いつかわたしが独り立ちしてしまったら、父は知らない土地で一人きりになってしまいます」

父には、同じ村に住む兄弟がいた。親類がいた。昔からの友達もいた。

それらをすべて手離すことになるのだ。

だから父には、故郷を捨ててほしくなかった。

「成人するのを待って、わたしは一人で村を出ました。わたしがいなくなれば、父は故郷で新しい人生を始められる。そう思ったから……」

父にのしかかる魔憑きであるわたしという存在が消えて、ほとぼりが冷めれば、再婚だってできるかもしれない。健康なお嫁さんをもらって、今度こそ幸せな家庭を築けるかもしれない。そう思った。

父は母をとても愛していたから、わたしの願うようなことは求めてないだろう。けれど、これまで沢山迷惑をかけてしまった父には、心から幸せになってほしいのだ。

「……父は本当に優しい人なのです。わたしが魔憑きだとわかっても受け入れてくれて、変わらず愛してくれたのですから」

優しくて、温かくて、男らしくて。

父が大好きだった。

父の大きな手で、頭を撫《な》でられるのが好きだった。父に抱きしめられるのが大好きだった。

できることなら、魔憑きじゃない普通の子供になって、父と母の間に生まれたかった。三人で生きていきたかった。

そんな願いに想いを馳《は》せ、そしてけっして叶《かな》うことはない現実に思わず泣きたくなってしまう。

突然何も喋《しゃべ》らなくなり、項垂れてしまったまま馬車に揺られるわたしを、ブライル様が心痛に充ちた様子で窺ってくる。だからそんな顔をしないで。ああもう、本当に……。

「二号、どうした？」

「ブライル様」

「何だ」

「……気持ち悪いです」

「は？」

「酔ったかもしれません」

「またか！」

毎度毎度申し訳ない気持ちでいっぱいだ。だけど気持ちが落ちてしまって、体ごと沈んでいたら、いつの間にか頭と胸の辺りがぐるぐるしていたのだ。

ブライル様は少し思案した後、項垂れたままのわたしの肩を引き寄せ、自分の膝《ひざ》の上に乗せた。俗に言う膝枕《ひざまくら》、である。

「ブ、ブライル様⁉」

「良いから、じっとしていろ」

何も良くない。さすがにこれは平常心ではいられない。

慌てて飛び起きようとするが、頭を押さえ付けられて動けなかった。そして父と同じくらい大きく温かな手で、揺れる視界を遮られた。

目を閉じると訪れる、優しい暗闇が心地良く、安らかな感情がじわりと滲《にじ》み出《で》てくる。

このまま落ちてしまいたい、そんな気持ちにさえなってしまう。

……というか、落ちたのだろう。

いつの間にか王都に着き、その先の城門を通り抜け、研究所の前まで帰ってきていたのだ。


「おい、起きろ二号」

「……ん、んん」

ブライル様の声に目を覚ますと、ちょうど馬車が止まるところだった。

御者台でこんなにも熟睡できるなんて、恐るべしブライル様の膝枕。

そして研究所の前にはフェリ様とクリス先輩の姿が見えて、慌ててその枕から頭を離した。

「お帰りなさい！　ジル、リリアナちゃん」

「フェリ様、お出迎えありがとうございます！」

「大丈夫？　どこも怪我してない？」

「はい。ブライル様がちゃんと守ってくださったので」

目に酷い隈《くま》があっても美しい彼女は、良くぞ無事で帰って来てくれたと、うっすら涙を浮かべている。本当に心配をかけたのだろう。わたしを優しく抱き締める腕が、僅《わず》かに震えていた。

反対にクリス先輩は、鬼のような形相で、わたしを睨《にら》んでいる。何てことだ。可愛い顔が台無しである。

「リリアナ・フローエ！」

「は、はい！」

「お前、僕の忠告を忘れたのか⁉」

「忠告？」

そういえば出発前に、色目を使うなとか何とか、意味のわからないことを言われたような気がする。

「兄弟子である僕との約束を破ったわけではないよな」

「破ってはいません。忘れてもいません」

「じゃあ今のは一体どういうことだ！」

「だからそれはですね……」

怒るクリス先輩に事情を説明しようと思ったら、師匠であるブライル様の雷が落ちた。

「お前たち、良い加減にしろ！　遊んでいる暇があるなら、さっさと荷物を運べ！」

「そうよ二人共、時間がないんだから」

ブライル様とフェリ様が、積み上げられた素材の山を抱えて、研究所の中に入っていく。クリス先輩も慌てて二人に続く。

わたしはそれを見つめながら、愛すべき日常に戻って来られたことを、本当に嬉《うれ》しく思った。

第五章

研究室の近くに、ちょっとした作業部屋がある。そこにエモース草とアンセプ草の根、レスタの実が次々と運ばれていく。

「これをどうするのですか?」

「土がまだ付いているからな、まずは洗浄する」

「……全部ですか?」

「当然だろう。全部だ」

手分けして、すべての素材を洗っていく。ご丁寧に二度洗いだ。

その間、クリス先輩はブライル様にべったりだった。数日ぶりに会えたのが余程嬉しかったのだろう。しかしわたしを牽制《けんせい》しているのか、こっそり睨んでくるのはやめていただきたい。あれは誤解なのだから。

そんな先輩は放っておいて、作業を進めよう。

まずはアンセプ草の根とレスタの実を籠《かご》の上に並べる。量が多いので、いくつもの籠を積むことになった。

エモース草は、作業部屋に張られた紐《ひも》に吊《つ》るしていく。それもすごい量になった。

「これは壮観ですね」

「そうね、こんな量を一気に処理することは、中々ないから」

指示された作業が一通り終わり、くんと体を伸ばす。中腰の姿勢がキツかったのだろう、フェリ様も腰を叩《たた》いている。

「それでこの後は何を？」

「ここでの作業は終了よ。干した物は魔石で乾かすの」

「魔石を使うのですか？」

「ええ。昔は自然の風で乾燥させていたらしいの。でも今は風の術式を組み込んだ魔石で、大幅に時間が短縮できるようになったのよ」

そう言って、フェリ様はブライル様が持つ魔石を指差した。それをブライル様が発動させると、部屋の中をそよそよと柔らかな風が舞い始めた。しかもこの風は、向き、強さ、温度、湿度などに細かい術式が設定されているのだとか。

魔石って本当に万能だ。

こんな風に風を送ることも、氷室のように冷やすこともできるだなんてすごい。この旅では、魔物避けの効果を引き上げる為にも使われていた。

「術式というのは、一体いくつくらいあるのですか？」

「うーん、私は自分に必要なものしか知らないから。ねぇジル、貴方ならわかるんじゃない？」

「いや、私にも正確な数はわからない。魔法局の図書館に行けば資料があるだろう。しかし日々新しいものが研究されているからな、おそらく術式研究室の奴らでなければ、正しくは把握していない」

そういえば以前クリス先輩から、そんな研究室があると聞いたことがあった。

わたしたちは魔法と一括りにしているけれど、それ一つでいろいろな研究がなされているのだろう。それくらい魔法というのは、国や貴族にとって価値があるのだ。

そして魔法局には図書館まであるという。確かに膨大な研究資料を纏《まと》めたら、図書館の本棚なんて簡単に埋まるだろう。

わたしは魔法局には近づいてはいけないので、どれも関係ないのだけれど。

このまましばらく乾燥させるというので、次は研究室に向かった。

「素材が乾くまでに、残っている物を片付けるぞ」

クリス先輩が採取してきた素材が、まだ少し残っているらしく、先にそれを処理するのだ。

それぞれが定位置に着き、

「では各自作業を始めろ」

「はい！」

「皆、頑張りましょうね」

「わたしはエモース草を刻みまくります」

まだ魔力を注ぐことに慣れてないので、まずは皆が苦手としているという刻み作業を担当することにした。

いつもは小刀で切っているなと教えてもらったけれど、わたしは包丁を使わせてもらう。包丁は馴《な》染《じ》みの道具だし、何より一度に処理できる量が違う。

ダダダダッ、と包丁を小刻みに動かしていく。するとあっという間にエモース草のみじん切りの完成だ。

しかしまだまだ量は残っているので、どんどんみじん切りにしていく。そしていつの間にか、エモース草の山がいくつもできあがっていた。

「さすがリリアナちゃんね。この研究所で包丁を持たせたら、リリアナちゃんの右に出る者はいないわ」

「ありがとうございます」

それはそうだろう。何せ年季が違う。台所に立てない母に代わり、子供の頃から包丁を握っていたし、何より星屑亭《ほしくずてい》で働くようになってからは、下拵《したごしら》えで大量の野菜を切っていたのだから。

フェリ様がわたしを褒めたことが癪《しゃく》に障ったのか、クリス先輩が魔法薬作りの速度を上げる。

「クリス先輩、大丈夫ですか？」

「フン、これくらいできて当然だろう。僕はお前と違って、一年間毎日やっているのだからな」

「そうなのですね。すごいです、クリス先輩」

そう答えると、多少気分が良くなったのか、ニヤけそうになる顔を必死に抑えるのが見えた。とても可愛い。

クリス先輩は大丈夫なようなので、次はアンセプ草の根とレスタの実を、すり潰《つぶ》し易いように刻んでいく。少し包丁を入れておくだけで、潰すのが格段に楽になるのだ。これらでも山を作っていく。

そしてすり潰す作業だ。これは力が必要になるのだけれど、それがない分、少し体重をかけるようにしてすっていく。

包丁を使っていた時よりも、明らかに作業速度が落ちてしまうけれど、気合いを入れ直せば、少しずつではあるが、すり鉢の中身が増えてきた。

皆が魔力を使って頑張っているので、わたしはそれ以外のところで貢献できたら嬉しい。

次は、薬品置き場から精霊水を運んでくる。

これも昔は精霊の泉という場所から運んでいたというのだから、それは大変だっただろう。

しかし今は浄化と聖の加護の術式を組み込んだ魔石を水に一晩浸けておくだけで、同じ物ができ上がるのだとか。便利な世の中になったものだ。これも術式を発見した研究員のおかげである。

その精霊水にすり潰した素材を投入し、成分を水に移すのだが、そこは魔力注入が必要になるので、わたしはここまでだ。

しかし投入するのにも、きちんとした割合があると言うので、秤《はかり》で確かめながら、その割合通りに材料を分けていくことにした。

これも慣れると目分量でできるようになるらしい。料理の味付けと一緒だなと思った。面倒でも最初はちゃんと調味料は量って入れた方が良い。

それが終われば、また最初から繰り返しだ。刻んで、すり潰して、分量を量る。乾燥が済んだ材料を運び込み、再び作業を繰り返す。

その間に、他の皆はひたすら魔力を注入していくのだ。その作業は、夜中まで続いた。


そして翌日も薬作りだ。わたしは他の仕事を済ませてから参加したけれど、皆は朝からずっと研究室に籠《こも》りきりだった。

そんな中、魔力切れを起こしたのは、昨日から一番張り切っていたクリス先輩だった。魔力を注入している途中で、突然机に突っ伏してしまったのだ。

「先輩！」

「クリスくん、大丈夫⁉」

落ち着いた様子で、ブライル様が魔力回復薬を飲ませる。しかし完全に魔力を使い切ってしまうと、魔力回復薬を飲んでも、しばらくは動けないらしい。

「せ、先生……すいません、僕……」

「大丈夫だ。隣りの部屋で休んでいろ」

ブライル様はそう言うと、クリス先輩を軽々と抱き上げ、隣りの休憩室に置いてあるベッドに横たえた。そしてドアを閉めると、何事もなかったかのように席に着き、わたしたちにも作業を続けるよう指示する。

「ジル、クリスくんは大丈夫なの？」

「ああ、少し休めば平気だ」

「わ、わたし様子を見てきます」

休んでいる体に響かないよう、なるべく静かに休憩室に入ると、クリス先輩は顔を腕で覆ったまま、横になっていた。完全に魔力切れを起こすと、体も辛いのだろうか。

「先輩?」

「……何しに来た。笑いにでも来たのか?」

「何でですか、違いますよ。体は大丈夫ですか?」

「別に何ともない。張り切って魔力注入していたくせに、様《ざま》はないな」

「そんなことありませんよ。必死に頑張っていた証拠じゃないですか」

「回復薬を飲む間隔を間違えるなんて、初心者がすることだ。先生もきっと呆《あき》れてる」

「それこそあり得ません。頑張っている人に呆れるなんて、ブライル様がそんな御方じゃないことは、先輩の方が良く知っているでしょう」

そう言えば、「知っているさ」と小さく呟《つぶや》いたのが聞こえた。

それでも悔しいのだろう。尊敬する師匠に良いところを見せたかった。尊敬する師匠の前でみっともないところを見せてしまった。

クリス先輩の無念と歯痒《はがゆ》さがわたしにまで伝わってくる。

「わたし、今回素材採取に行って、その大変さを思い知りました。先輩はその大変なことを、騎士団が付いていたとはいえ、たった一人で何日も何日も頑張ってこられました。なのにやっと帰って来たと思ったら、休む間も無く魔法薬作りです。先輩のどこに呆れられる要素があるのですか」

クリス先輩の喉《のど》や口元が震えているのが見えた。それを宥《なだ》めるように、サラサラの銀髪を優しく撫《な》でる。振り払われるようなことはなかった。

「ゆっくり休んで、そして魔力が回復すれば、また頑張れば良いのです。ブライル様もフェリ様も、クリス先輩のことを頼りにしているのですから」

今度こそ声は聞こえなかった。だけど微かに頷《うなず》いたのが見えたので、ホッとする。

「少し寝てください。そして起きたら食事にしましょう。わたし先輩の為に、美味しいスープを作っておきます」

「……肉も食べたい」

「ええ、お肉もたくさん用意します。なのでゆっくり休んでください」

最後にもう一度頭を撫でて、部屋を出た。

少しは落ち着いてくれたと思う。これで身も心も休めてくれると良い。

さてと、と腕を捲《まく》る。

薬作りは二人に任せて、クリス先輩の為に、美味しいごはんを作りますか。

そう勇ましく腕を捲ってみたはいいが、まずは買い物に行かなければならない。

作業を抜けることをブライル様に断って、急いで城下の市場に向かった。

「嬢ちゃん、帰ってきたのかい！」

いつもの八百屋さんを覗《のぞ》くと、店主のおじさんが笑顔で迎え入れてくれた。

「おじさん、ただいま！　やっぱりベルムの街は活気があって良いわね」

「おや、そんな田舎に行ってたのか」

「そうなの。街道外れの村とかにね」

微妙に誤魔化したけれど、嘘は言っていない。しかし、まさか魔物がわんさかいる森に行ったとは言えないだろう。

残っている食材を思い出しつつ、足りない野菜を見繕っていく。

そして今日の主役を求めて、お肉屋さんにも赴く。ここでは牛の挽《ひ》き肉《にく》と塊肉、牛の脂を買う。

研究所にもどると、朝から仕込んでいたブイヨンの様子を見る。今日は鶏ガラと野菜のブイヨンだ。

次に薄く切ってバターで炒《いた》めたじゃがいもとポワロ葱《ねぎ》を、ブイヨンでトロトロになるまで煮ていく。そして中の具を滑らかになるよう裏漉《うらご》ししたら、牛乳を注ぎ入れ、一煮立ちさせる。塩で味を調えれば、じゃがいもとポワロ葱のポタージュの完成である。

次は主菜のハンバーグだ。肉料理がクリス先輩の要望なのだから、心して作らねば。

まず玉ねぎをひたすらみじん切りする。切る。切る。くそぅ、泣けてくる。

そしてその玉ねぎをバターで炒める。ひたすら炒める。すると火を通した玉ねぎ特有の甘い香りが漂ってくる。色が透き通って少し黄色く色付き、くったりしたら、火からおろして充分に冷ます。

次に塊のままの牛肉を、ある程度細かくなるまで切る。それを挽き肉に混ぜると、食感が違って食べ応えも出てくると思うのだ。

その肉に、先程の玉ねぎと卵、牛乳に浸したパン、塩胡椒《しおこしょう》、ナツメグ、それと牛の脂肪を細かくしたものを加える。そして練る。ひたすら練る。

ねっとりするまで練ったら、楕円《だえん》形に成形するのだが、ちゃんと空気を抜くのも忘れない。そうしないと、焼いた時にひび割れして、そこから肉汁が流れ出てしまうからだ。

フライパンで表面に焼き色が付くまで焼いたら、あとはオーブンでじっくりと火を通す。

ハンバーグのソースにはトマトを使う。

オリーブ油とみじん切りにした大蒜《にんにく》を鍋に入れ、弱火でじっくり炒め、香りを立たせる。その中にみじん切りにした玉ねぎとマッシュルームを入れ、少し火を強めて炒める。そこに少量の小麦粉を振り入れ、ダマにならないようしっかりと混ぜる。

次に湯むきしたトマトを入れ、鍋《なべ》の中で細かく潰していく。そしてワインとブイヨン、砂糖、塩胡椒で味付けをし、しばらく煮込む、というか味と粘りが濃くなるまで煮詰める。

最後は盛り付けた上に、細かく千切ったバジルを振りかければでき上がりだ。

あとはデザートなのだけれど、今日はもういいかな。時間もそんなにないし。

……いや、やっぱりダメか。ブライル様の気力というか、仕事に対する活力が損なわれるような気がする。

そう考えて卵を手に取った。

夕食の準備が整ったので、研究室に声をかける。皆一様に疲れた顔をしたまま、食堂に入ってきた。

復活したクリス先輩は何だかばつが悪そうだ。ちょっとだけど弱音を吐いてしまったことが、恥ずかしいのだろう。

わたしは何も気にしてない、そんな気持ちを込めて笑いかければ、フンと思いっ切りそっぽを向かれた。

どうしよう、先輩が可愛くて仕方ない。

「疲れた時にリリアナちゃんの手料理、すごく嬉《うれ》しいわ！」

席に着いたフェリ様が、目の前に並べられた料理を見て、はしゃぐように喜んだ。

主菜のハンバーグ、それに添えられたサラダ、ポタージュスープと城下で売られている白パン。

クリス先輩の目も輝いている。

「たくさん作ったので、お腹いっぱい食べてくださいね」

食前のお祈りを済ませ、それぞれカトラリーを手にする。しかしさすがはお貴族様。いくら空腹でも、がっつくような真似はしない。

「んんーっ、おいしい！」

最初にスープを飲んだフェリ様が、いつものようにぐにゃりと崩れた。

続いてわたしも一口飲んでみると、クリーミーな口当たりの中に、ブイヨンの旨味とポワロ葱の甘みが広がって、とても優しい味だと思えた。

クリス先輩を見ると、ソースをたっぷり絡めたハンバーグを頬張っていた。そして目を閉じたかと思うと、ふるふると震えだした。

「う、うまい……！」

唸《うな》るように出た一言は、クリス先輩の感情すべてを表しているかのようだ。そして続けざまに一口、もう一口とハンバーグを口に放り込む。

食欲はあるみたいなので、良かった。

ハンバーグはプツ、とナイフを入れると、肉汁が溢《あふ》れてくる。それを見ただけで、唾液《だえき》を飲み込んでしまう程だ。噛《か》みしめれば肉々しい旨味とコクのあるソースが相まって、口の中が幸せで沸き立つ。

皿にはハンバーグを二つ盛り付けていて、一つは今食べたプレーンのハンバーグ。そしてもう一つは、ナイフを入れると中から白い物が蕩《とろ》けて出てきた。

「リリアナちゃん、中に何か……」

「これにはチーズを入れてみたのです。立ち寄った村で美味しい物を売っていたので」

「チーズ！」

目の前でクリス先輩が吠《ほ》えた。

「あ、お好きでしたか？」

「い、いや。別に取り分け好きというわけじゃないが……」

そう否定するが、クリス先輩の後ろで見えない尻尾《しっぽ》が振られているのがわかる。どうやら大好物らしい。

そしてそのチーズが絡んだハンバーグを口に入れると、またしても震えた。

しかし反対にブライル様は難しそうな顔をしている。おかしい、眉《まゆ》は動いているのに。

「二号、これは駄目だ」

「も、申し訳ございません。何か不手際が……」

クリス先輩の為を思って作ったので、ブライル様の口には合わなかったのかもしれない。

不味いとは言われたことがなかったので、気付かぬうちに調子に乗っていた。

「こんな物、ワインが欲しくなるではないか」

「は？」

「わかるわ、ジル。もうこのチーズ入りハンバーグは犯罪級よね！」

あ、ハンバーグが不味かったわけではないのか。むしろ気に入っているようだ。

今夜はこの後も作業が続くので、アルコールは出していない。なのでお二人の前にもワインの代わりに水を置いてあるのだけど、それが不満らしい。

フェリ様はわたしたちが旅に出てからずっと禁酒していると言うからまだわかるのだが、ブライル様は一昨日あんなに飲んだではないか。しかもわたしを存分に揶揄《からか》いながら。

そんな苦情を受け流し、夕食は終了した。皆が満足気な顔をしているのが、とても嬉しい。クリス先輩なんて、スープとハンバーグをお代わりしたくらいだ。

しかしこれで終わりではないので、席を立ち台所へ向かう。オーブンを覗けば、膨らんだままのそれが甘い香りを放った。

食堂に戻ると、ワゴンに乗ったそれを見て、ブライル様の眉が激しく動いた。クリス先輩の目も輝いている。どうやら全員甘いものが好きみたいだ。

「チーズスフレです。温かいうちにお召し上がりください」

取り分け易いようにココットに入れて焼いたので、潰《つぶ》れずに出すことができた。

フォークを刺すと、シュワ、とも、ふわ、ともつかない感触が小気味良い。口にすれば、空気のように軽くなめらかな食感と、チーズと卵の優しい風味が後に残る。

卵白をひたすら泡立てた甲斐《かい》がある。ただし明日はきっと筋肉痛だろう。

甘いスフレを食べながら、旅の道中に起こった話をする。

道が凸凹で、酔ってしまったこと。

一人で見張りをするのが初めてだったこと。

野営なのにごはんが美味しかったこと。

野営なのにデザートが出てきたこと。

二体のキングトロールに遭遇した話では、フェリ様が泣いてわたしに抱きつき、クリス先輩はキラキラした瞳《ひとみ》でブライル様を見ていた。

「ああ、僕も先生の勇姿をこの目で見たかった！」

「じゃあ次回は先輩とブライル様が行ってくれれば良いですよ。目的の魔石は充分に確保できましたから」

「それは良いな！　先生、ぜひそうしましょう！」

「駄目だ。連れて行くなら二号でなければならない」

「そんな！　どうしてですかっ。……ま、まさか⁉」

「先輩、落ち着いてください。まさかも何もありませんから。どうせ食事が理由なだけです」

「なら今度は皆で行けば良いじゃない？　ジルはリリアナちゃんのごはんが食べられるし、クリスくんはジルといられるし、私は心配しなくて済むし」

「フェリクス様、それは名案です！」

「……フェリ様、わたしだけメリットがないのですが」

そうは言ってみたものの、案外楽しいかもしれないなんて考えてしまった。それくらいこの賑《にぎ》やかな食卓が心地良かった。


夕食後は、研究室に閉じ籠って、再び魔法薬作りだ。

わたしも片付けが終わってから参戦し、途中からは魔力注入も手伝わせてもらった。手際が悪いところもあったけど、ちょっとは役に立ったと思いたい。

そして日付が変わって少し経った頃、ようやく今日の作業が終わる。皆、疲れ果ててボロボロだ。

なのでお風呂《ふろ》に入ってふらふらになりながら床に就くと、そのまま泥のように眠ってしまった。

そして次の日も、次の日も……、わたしたちは魔法薬作りに没頭し、

「……終わりましたね」

「ああ」

数日後、ようやく依頼分が完成した。五百本の傷液薬がずらりと並ぶ様子は壮観だ。皆放心したような表情で、それを見つめている。

「やった……やったわ！　ジル、本当にできたのよねっ、完成したのよね⁉」

「ああ。そうだ」

「良かった！　これでやっとのんびりできるわ。たっぷり寝られるし、外にも行けるし、ワインも飲めるのよ！」

「ワインか、良いな」

激務から解放されたことに、フェリ様が涙を浮かべて歓喜している。そしてブライル様に抱きついては、鬱陶《うっとう》しそうに剥《は》がされていた。相変わらず仲良しの二人である。

そんな感じでフェリ様が喜んでいるのは当然で、いつもと比べて睡眠時間はずっと短かったし、お酒も自粛していた。なので今日は心ゆくまでワインを飲んでいただき、思い切り寝てほしい。

それにわたし以外は皆ずっと籠《こも》りきりで作業していたから、鬱憤《うっぷん》も溜《た》まっているだろう。今度フェリ様と一緒に城下に出掛けようと思った。

翌日、ブライル様は二日酔いのフェリ様を連れ立って、魔法薬の納品に赴いた。青い顔をしたフェリ様はとても儚《はかな》く見えて、何も知らない男性なら誰だって手を差し伸べてしまいたくなるだろう。

そしてわたしとクリス先輩の居残り組は、研究室や薬品庫の片付けをしている。

至る所に魔法薬や素材が置かれているのだが、ブライル様だけは、何がどこにあるのか把握しているのだそう。しかし他の二人はもちろん、わたしにもごちゃごちゃしているようにしか見えない。いずれブライル様を説き伏せて、きちんと整理したいと思う。

「何か、日常が戻ってきたって感じですね」

「そうだな。僕もやっと落ち着いて、先生に教えを乞《こ》うことができる」

先輩は長期で採取に行っていて、帰ってきてからすぐに今回の魔法薬作りがあったから、師匠であるブライル様への熱い思いが溜まっているのだろう。適度に発散してもらいたい。

「素材集めから大変でしたものね。クリス先輩は、道中危険はなかったのですか？　キングトロールに出会うとか」

「出会うわけがないだろ！　そもそもキングトロールなんて、数が少なくて滅多にいないんだからなっ」

なんと！

そんな貴重種に二体も出会ってしまったわたしたちは、相当運が悪かったらしい。

「でも何も起こらなかったわけじゃないぞ。何度も魔物に襲われたし、野盗にも狙われた。騎士団の護衛がついていたから、大した被害はなかったけどな」

「わたしたちよりよっぽど大変じゃないですか！　ブライル様が新しい魔物避けをもっと早く完成させていれば……」

「魔物にすごく効果があるってやつか？　うーん、でも騎士団が護衛につくのって、魔石を集める目的もあるからな。魔物にまったく出会わないっていうのも考えものなんだ。多く取れれば、僕も分けてもらえるし」

今回もいくつか分けてもらえたらしい。それを使って魔道具を作るのだとか。ああ、わたしも早く冷却装置を作りたい。

「騎士団の方は、そんなに魔石を集めてどうするのですか？」

「そんなの武器や防具に魔力を纏《まと》わせる為に決まってるじゃないか」

「武器、ですか？」

「ああ。武器に術式を組み込んだ魔石を取り付けると、その術式に応じた魔力が武器に込められる。そしてその武器を介して魔力を発動させるんだ。そうすることで攻撃の威力が上がるし、自分の魔力を温存できるからな」

「威力が上がるとは？」

「例えば炎の魔石は、剣に高温の炎を発生させる。それで斬ると、剣を通さない硬い皮膚や殻を持った魔物も斬ることができるんだ。水や風の魔石でも、似たような効果がある」

それを使っていたら、キングトロールにも剣が通用したのではないだろうか。

そんな便利な物を、何故ブライル様は使わなかったのだろう。きっと自分の魔力量に自信を持っていたに違いない。たくさん攻撃魔法を使った後でも、あんなにすごい魔法を繰り出したのだから。

「だけど威力が高い分、魔力の消費量が桁違《けたちが》いだから、魔石が消えるのも早いんだ。魔石を多く必要とする理由はそれだな」

なので騎士団は積極的に魔物討伐をこなすのだそうだ。素材採取に同行してくれるのも、魔法薬を安定供給してもらう為というのもあるけど、半分は魔石が目的なのだろう。

「その魔石集めに先生と一緒に行けるなんて。しかも守ってもらえるなんて……っ。リリアナ・フローエ！　お前は本当に幸せなんだからなっ」

騎士団と魔石の謎が解け、クリス先輩に嫉妬《しっと》混じりの怒りをぶつけられたところで、ブライル様たちが戻って来られた。

そしてその日の夕食。納品を終わらせたブライル様から提案があった。

「この度の依頼は、皆本当に頑張ってくれた。そこで魔法局より恩賞として特別手当が出ることになった」

「出ることにって、自分が絞り取ってきたんじゃないの」

どうやら急な依頼を勝手に受けた魔法局を脅して、特別手当の約束を取り付けたらしい。

その光景を思い出してか、フェリ様はげんなりしている。

「そこでお前たちに、それぞれ希望する物を褒美として取らせようと思う」

「先生！」

「何だクリス、もう決まったのか？」

「はい、僕は先生との個人授業が良いですっ」

「却下」

「そんな！」

「わからないことがあれば仕事中に聞けば良い。それに何か良からぬ空気を感じた」

クリス先輩は特攻をかけ撃沈した。

二日酔いから解放されたフェリ様は、ワイングラス片手に悩んでいるみたいだ。

「うーん、何が良いかしら。欲しい物なら自分で買えるし。あ、それなら私は休暇が欲しいわ。魔法薬から離れて、少しゆっくりしたいの」

「それも却下だ」

「どうしてよ！」

「ゆっくりしたいなら、領地に帰ってから存分にすると良い」

「そういうのじゃないの！　保養地に行って、海を見ながらのんびりしたり、温泉に入って身も心も温まったりしたいの」

今回の修羅場で、フェリ様は随分と精神的に疲れているらしい。

結局クリス先輩は魔法薬を作る為の道具を新調することに、フェリ様には疲れ切った肌を癒す為の化粧品をブライル様が開発することになった。

「二号、お前は何が欲しいのだ」

「わたしもいただけるのですか？」

「当たり前だろう。お前も貢献したではないか」

確かに下働きはいっぱいしたけれど、魔力注入は皆の足元にも及ばない。それでもくれるというなら、ありがたく頂戴《ちょうだい》しよう。

「そうですね、では慰労会がしたいです」

「慰労会？」

「ブライル様がおっしゃったように、皆様頑張っていたじゃないですか。それを労う為の会です。いつもよりちょっと豪華な食事をして、いつもよりちょっと良いお酒を飲んで、皆でぱーっとするのですよ」

「ほう、それは中々良いな。しかし何故それがお前の褒美になるのだ？」

「だって、わたし好きなのです。皆様がわたしの作ったごはんを食べて、美味しそうにしてくれるのが。それを見ていたら幸せな気持ちになるのです」

「リリアナちゃん……」

「だから四人で慰労会、ダメですか？」

ブライル様はわたしを見て、ふぅ、と溜め息《いき》に似た何かを吐いた。

「わかった。好きにすると良い」

「あ、ありがとうございます！」

「私たちもリリアナちゃんの料理が食べられて幸せだわ。だからいろいろ手伝わせて？」

「フェリ様……！」

慰労会開催は次の休みの日に決定し、フェリ様が買い物に付き合ってくれることになった。

◇◆◇

そして慰労会当日。

昼前にフェリ様が迎えに来てくれた。ギリギリまで準備をしていたので、慌てて玄関に向かうと、

「遅いぞ、二号」

「そうだ、先生を待たせるなんて許されない行為だからな」

「……お二人は何をなさっているのですか？」

何故かブライル様とクリス先輩の姿が。

えっと、わたしはフェリ様に付き添いをお願いしましたよね。フェリ様だけに。

「何とは何だ。買い出しに行くのだろう？」

「先生の行く所なら、僕はどこへでもついて行くに決まってるじゃないか」

「ああ、理解しました」

きっとブライル様は、買い出しの付き添いという名目で、城下散策をしたいのだ。そしてクリス先輩は、その言葉の通りだろう。師匠大好きっ子め。

そういうわたしも買い出しという名目で、フェリ様を城下へお連れする算段だったのだけれど。

来てしまったものはしょうがないので、四人で城下へ向かうことにした。しばらく走り、前と同じソルの町で降ろしてもらう。

昼時だけあってやはり人が多く、活気に溢《あふ》れている。久しぶりの城下の雰囲気に、フェリ様はとても嬉《うれ》しそうだ。

ブライル様はいつも通りで、大して表情は変わらない。それもそうか。わたしが前に働いていた

食事処にも一人で来ていたのだから、城下には慣れているのだろう。

クリス先輩は物珍しそうにキョロキョロしているが、嫌そうな素振りはない。

良かった。これならこの三人を連れていても、面倒にはならないだろう。

「まずは昼食だな」

そう言われてハッと気付く。

予定ではフェリ様と二人だったので、また屋台でいくつか買って食べようと思っていた。しかしこの二人、特にブライル様が屋台とか有り得ないのではなかろうか。

その前に、フェリ様に屋台の物を食べさせたことがバレたら怒られるかもしれない。いや、でもブライル様だって、村の宿屋で普通に食べていたし。だけどさすがに屋台はダメかしら……。

「どうした」

「い、いえ。昼食を取る食事処を、どこにしようかと考えていたのです」

「あら、別にこの前みたいに屋台で良いんじゃないかしら？」

「フ、フェリ様⁉」

自ら暴露したフェリ様を慌てて止めようとするが、ブライル様は聞き逃してはくれなかった。

「屋台だと？」

「そ、それはですね……！」

「面白いではないか。二号、昼食はそれにするぞ」

「は？」

「先生⁉」

びっくりしたのはわたしとクリス先輩だ。まさかブライル様が屋台に食い付くとは思ってもみなかった。

「待ってください、先生っ。ちゃんとした食事処があるんですよ？　それがどうして屋台なんかになるんですか！」

激しく同意だ。

しかしブライル様は譲る気はないらしく、もう市場の方向から目を離さない、離してくれない。

「そういう普通の食事ならいつでも食べられる。しかし屋台など、立場上滅多に立ち寄れる場所ではないからな」

「それは確かにそうですけど、先生は公爵家の……」

「では二号、案内しろ」

クリス先輩が言おうとする正論を無理やり遮って、ブライル様は歩き出した。まあ本人が良いのなら構わないですけどね。

今回は男性がいるので、いくつかの種類を買ってみようと提案すると、満場一致で賛成だった。滅多に立ち寄れない分、一気に堪能しようという切実な思いが伝わってきた。泣ける。

「じゃああの店から回りましょうか」

「あれは何を売っているのだ」

「揚げパンのお店ですね」

パン生地の中に香辛料を効かせた肉と野菜を詰めて、油で揚げた物だ。きつね色に染まったそれは、揚げ物特有の香ばしさと甘さ、そしてかぶりついた側から溢れてくる食欲をそそる香辛料の香りと肉の旨味が後を引く人気商品だ。

「ほう、美味そうだな。買っていくか」

「そうですね。おばさーん、揚げパン二個ちょうだい」

「あいよ、ちょっと待っておくれ」

注文した数を聞いて、クリス先輩が何故二個なんだという顔をした。いろいろ買うのだから、分ければ良いだろう。一人一個も食べると、すぐにお腹いっぱいになってしまう。

でき上がったばかりのパンを受け取ると、香りが立ち込める。しかし揚げたて、さすがに熱い。

するとブライル様が横からパンを奪い取っていった。

「まあ！　すごく美味しそうね」

「リ、リリアナ・フローエ。これはいつ食べられるんだ？」

「もう少し待ってください。まだ一品しか買ってないですよ。次は、串焼《くしや》きにでもしますか？」

「串焼き！」

クリス先輩がわかり易い反応を示した。わかりますよ、お肉大好きですものね。

近くの串焼き屋さんに向かうと、甘辛いソースが焼ける良い香りが漂って来た。

「おい、これは一本全部食べるからな！」

揚げパンの数に不満があったクリス先輩が、自分の食欲を主張してくる。まあ食べ盛りですし、了解しました。

「じゃあブライル様と先輩は一本ずつで、フェリ様はわたしと半分こしませんか？」

「そうね、それが良いわね」

ブライル様の眉《まゆ》がピクリと動いたのが見えた。一本丸ごと食べられるのが、そんなに嬉しかったのだろうか。

その後もいくつかの屋台を回った。

そして皆の両手が塞《ふさ》がり、さてどこで食べようか考えているところに、さっき買った屋台のお兄さんが、自分の店の前で食えと、テーブルと椅子を用意してくれた。

「ありがとう、お兄さん！」

「良いってことよ。こんな可愛いお嬢さんを立たせたままってのは、男の沽券《こけん》にかかわるからな」

「わあ！　フェリ様の美しさに対する反応はどこに行っても変わらないのですね」

パチパチと手を叩《たた》く。

貴族だけでなく、一般庶民まで虜にしてしまうとは。

「い、いや、その姉ちゃんもえらいべっぴんだけどよ。俺はアンタの方が……」

「主人よ。場所の提供は感謝するが、戯言はそれくらいにしておけ。これからも王都で仕事を続けたいのならな」

ブライル様がお兄さんの冗談を冗談で諭してくれた。しかし機嫌の悪そうな表情も含めて、冗談の言い方がまるで悪役である。

すぐにお兄さんは真面目に仕事しだしたので、お言葉に甘えてテーブルを使わせてもらう。

揚げパン、串焼き、クレープ、ピクルス、ラクレット、果実水。

たくさんの種類がテーブルを埋め尽くす。

どうやって食べれば良いのかとクリス先輩に聞かれたので、ピクルスとラクレット以外は手で持ってかぶりつけば良いのだと答えた。しかし貴族としての矜持《きょうじ》があるのか、手を出すことに躊躇《ちゅうちょ》している。

しかしそれより食欲が勝ったのだろう。いの一番に串焼きにかぶりついたクリス先輩が唸《うな》る。

「美味いっ」

「良かったですね」

食事処でなくても美味しい食事は取れるのだ。いくら屋台料理だとはいえ、皆に喜んでもらう為に日々試行錯誤しているのは、どこも同じである。

ブライル様は、最初に買った揚げパンに手を伸ばした。そして一口食べると、眉がピクリと動いた。

「中々興味深い味だな」

「素直に美味しいって言えば良いのに」

フェリ様が呆《あき》れたように肩を竦《すく》めながら、クレープに齧《かじ》り付いた。小麦粉の生地を薄く焼いた中に、ハムとチーズ、それにトマトとルッコラを入れたものだ。美味しくないわけがない。

「この前食べたのも美味しかったけど、これも良いわね」

「ああ、薄切り肉のサンドウィッチですね。あれもまた食べたいですよね」

そんな話をしていると、ブライル様の眉間《みけん》に皺《しわ》が寄っていく。どうしたのだろう。

「ん！　リリアナちゃん、串焼き美味しいわよ」

「本当ですか？　わたしも一口ください」

「はい、あーん」

「あーん。……んんっ、すごくジューシーですね！」

「でしょう？」

わたしたちのやり取りを見ていたブライル様が、眉を顰《ひそ》めたまま、自分の分の串焼きを差し出してきた。もちろん食べかけである。

「二号、これも食べるか？」

「え？　別に良いですよ。わたしはフェリ様と分けっこしていますから」

そう遠慮すると、目の前からぐぬぬと聞こえてくる。そしてブライル様は、その串焼きを置いて、わたしに向き直った。

「以前から思っていたのだが」

「はい」

「二号、お前はフェリクスと少々親密過ぎるのではないか？」

「わたしたちがですか？　そうですね、仲良くさせていただいています」

「ねー」

にっこり微笑むフェリ様につられて、わたしも笑う。

「だが、いくら仲が良いとはいえ、食べ物を分け合うのはどうかと思う。まして口を付けた物など……」

「私たちが気にしなければ、別に良いじゃないの」

「しかしお前は男だろうが」

「……ああ、そういうことね」

察したとばかりに、フェリ様が頷《うなず》いた。

「どういうことですか？」

「ジルはね、男の私が口を付けた物を、可愛い女の子のリリアナちゃんが食べるのは良くないと言っているのよ」

「はあ、そうなのですね。でもわたしにとってフェリ様は、優しく素敵なお姉さまのような方です し」

「何がお姉さまだ。せめてお兄さまだろう。そもそも他人ではないか」

「私もリリアナちゃんを可愛い妹のように思っているわ」

「フェリクス、お前に可愛い妹はいない。いるのは喧《やかま》しい姉だ」

何だか今日のブライル様は、いちいち突っかかってくる。虫の居所でも悪いのだろうか。

「それにブライル様だって、先ほどご自分の食べかけの串焼きを、わたしにくださろうとしましたよね？　男性なのに」

「そ、それは……」

「アハハ、ジルの負けね！」

何故かフェリ様がお腹を抱えて笑い、ブライル様は肩を落とし、そしてクリス先輩は余っているブライル様の串焼きをじっと見つめていた。

なかなか賑《にぎ》やかな昼食である。


食事が終われば、買い出しという名の散策が始まる。はぐれない間隔で、各々興味のある店へと向かった。

クリス先輩が足を止めたのは、豚肉を専門に扱う店だ。豚ならどんな部位でも置いてある。養豚場直営の店なのかもしれない。

「リリアナ・フローエ、何だあれは⁉」

「ああ、豚の鼻ですね」

「鼻⁉」

「あ、豚足もありますよ」

「ほ、本当に？　平民はそんな物までたべるのか？」

「わたしは食べたことないので知りませんが、意外に美味しいらしいですよ。一度試してみます？」

「い、いやさすがにあれは食べる気がしない」

お肉大好きクリス先輩でも無理らしく、逃げるように別の店へと走って行った。

「リリアナちゃん、見て！　ハーブがたくさん売っているわ」

フェリ様は様々な花やハーブに囲まれていた。まるでそこだけが花園のようだ。ならばフェリ様は、さしずめ花園に現れた妖精《ようせい》かしら。

「フェリ様はハーブがお好きなのですか？」

「ええ、ハーブを使っていろいろ作るのは好きよ。リリアナちゃんの部屋にある香油も、私が作ったの」

「そうなのですか⁉　あの香油を使うと、髪がすごくサラサラで柔らかくなるのです」

「香りも爽《さわ》やかで良いでしょ？　でもリリアナちゃんには、もう少し甘い香りが似合うかしら。そうすると組み合わせは……」

歩きながらもブツブツと配合を考え始めたフェリ様は、妖精などではなく、やはり研究者なのだ。

さてブライル様は、と振り返ると、後ろの方の店で立ち止まっていた。

先ほどと顔付きが全然違う。

「何か珍しい物でもありましたか？」

「これを見てみろ、二号」

そう言って差し出してきたのは桃である。まるで林檎《りんご》のように真っ赤に熟れた桃。ブライル様が見ていたのは果物屋さんだった。

「果物というのは、実に可能性に溢《あふ》れている。そのまま食べても美味い。絞ってジュースにしても良い。タルトやケーキ、ジャムだって作れる」

「そうですね。コンポートにすればいろいろ使えますし、ゼリーや氷菓子も美味しそうですね」

「素晴らしい。冷却装置の作成を急がなければならないな」

「あれ？　そういえば、フェリ様とクリス先輩は……」

ふと思い出して、二人がいるであろう方向を見るが、その姿はどこにもなかった。しかもいつの間にか人が増え、この中から探し出すのは至難の業だと思われる。

「どうやら、はぐれちゃったみたいですね」

「そうだな。偶然出会えればそれで良いが、この人混みでは難しいだろう。まあ迎えの馬車が来る場所に戻れば、いずれ彼奴らもそこに戻ってくる」

「それもそうですね」

探すのも大事だが、先に買い物を済ませたい。昨夜から今朝にかけて、大体の仕込みは終わらせてあるので、買う物自体は少ないのだけれど。

とりあえずなるべく近くで買い物を済ませ、まだ果物を物色しているブライル様に、最後に香辛料を見てくると声をかける。

適当な店を覗《のぞ》くと、そこはたくさんの種類の商品が売られていた。

おお、この店の品揃えは素晴らしい。最近は南国や東国とも交易が盛んに行われていると聞いたことがあるので、この香辛料は交易品かもしれない。

見たこともない品を物珍しく眺めていると、突然後ろから肩を掴《つか》まれた。

「きゃあ！」

「リリアナじゃないか！」

「え、アヒムさん？」

振り返った先にいたのは、星屑亭《ほしくず》のお客さん。それもかなりの常連さんだ。歳が近いせいか、常連のお客さんの中でもよく声をかけてくれていた。

確か、香辛料を扱う商会の息子だったような。それなら彼がここにいるのも納得できる。もしかすると、彼の家が出している店かもしれない。

「お前、今どうしてるんだ？　エッボさんたちに聞いても、わからないの一点張りだし。俺もエッボさんたちも、めちゃくちゃ心配していたんだぞ」

アヒムさんが出したエッボのおじさんの名前を聞くだけで、不義理をした手前心苦しい。

「ごめんなさい。ちょっと事情があって……」

「店を辞めたって聞いた時は驚いたよ。エッボさんの下で働くの、すごく楽しそうにしてたから」

「そうね、楽しかったわ」

おじさんには怒られながらも、毎日いろんなことを教えてもらった。そして上手く料理ができた時は、おばさんが優しく褒めてくれた。

お客さんも気が良い人が多くて、とても居心地の良い場所だった。

「なら戻れば良いじゃないか。何か問題があるなら、俺も協力するよ。リリアナに会えないのは辛いんだ」

そう言って、アヒムさんはわたしの手を握った。それを見て、思わずギョッとしてしまう。

「あ、あの……」

「何をしている」

「ひゃ、ブライル様!?」

そこに突然現れたブライル様に、わたしは飛び上がるほど驚いた。アヒムさんは声をかけてきた男がわたしの知り合いだとわかると、訝《いぶか》しげにブライル様を睨《にら》んだ。

「リリアナ、こいつは？」

「えっと、この方はわたしの雇い主なの」

「雇い主？　じゃあ今はこの男の元で働いているのか？」

「そうよ」

冷ややかな目で睨み返したブライル様は、無言のまま視線を落とし、わたしの手を握っているアヒムさんの手を叩《たた》き落とした。そして奪い取るように、わたしの手を取った。

「な……っ!?」

「ブライル様！」

「私のものに気安く触らないでもらおうか」

そして何を思ったのか、とんでもなくことを言い出した。

私のものって何!?

いつの間にわたしはブライル様のものになっていたのだ!?

「こいつのものって、リリアナ、お前……」

「ち、違う違う違う！」

「来い、二号」

「ちょっと待て、何だよ二号って……⁉」

アヒムさんの引き止める声を無視して、ブライル様はどんどん進んでいく。そしてあっという間に見えなくなった。

わたしも小走りでついて行くが、止まってくれる気配はない。

「ブ、ブライル様！」

「何だ」

「どういうことですか、さっきのは」

「さっきの？」

「わ、わたしがブライル様の……もの、というやつです」

恥ずかしいから言わせないでほしい。でもそこまで言うと、ようやくブライル様は止まってくれた。

だけど手は離してくれない。繋《つな》がれた手がビリビリする。小走りだったせいか、心臓までドクドクしている。

振り返ったブライル様は、その菫色《すみれいろ》の瞳《ひとみ》にわたしだけを取り込み、口を開いた。

「お前は今、誰の管理下にいるのだ」

「それはブライル様ですけど……」

「ならば私のもので、間違いないではないか」

「そう、なのですか？」

クリス先輩がいたら、「違う！」とはっきり否定してくれた筈《はず》なのに。しかし残念ながら、彼は今絶賛迷子中なのだ。

そしてわたしは心臓がうるさくて、上手く思考できない。だからそんなことを言われて、うるさいはずの心臓が温かくなって、そして良くない感情が溢れてきそうになって、すごく怖い。

「……ブライル様、手を離して下さい」

「はぐれたら困る」

「でも……」

「嫌なのか？」

「嫌ではありませんけど……」

この前繋がれたのはいつだったか。そうだ、村でカーヤちゃんと話した後だ。

あの時は気持ちが沈んでいて、気にする余裕がなかった。

だけど今は違う。ブライル様のものと宣言されて、それでも何も思わないなんてことはない。そしてどうして良いのかがわからなくなっている。

「さっきの男には握らせたままにしていたではないか。何故私は駄目なのだ」

「だから、それは……」

心臓が壊れそうだから、とは言えない。

アヒムさんに触れられても何も思わなかった。むしろちょっとだけ嫌な気持ちになった、かもしれない。

なのにブライル様に触れられると、ビリビリして、ドキドキして、泣きそうになる。

何も言わないわたしを見て、ブライル様は再び歩き出した。今度はいつもの様にわたしの歩幅に合わせてくれる。

それでようやく息が吐けた。

「先ほども言ったがな、お前はフェリクスと仲が良過ぎる。しかもいつの間にかクリスとまで」

「……先輩は、お肉に釣られたのでしょうね」

「今の男とも、やけに親しげだったじゃないか」

「アヒムさんは、星屑亭のお客さんだったのです。あれ？　じゃあブライル様と一緒ですね」

そう言うと、ムッとしたような顔をした。気に入らなかったらしい。

「ただの客に手を握られるのか？」

「あれは……そうですね、向こうは友達になりたかったのかもしれません。遊びに行こうと何度も誘ってくれましたし」

「遊びにだと⁉」

そう。アヒムさんには、よく食事や遊びに誘われた。ただし料理の研究で忙しいのとお金がないので、全部断ってはいたけれど。

「行ったのか？」

「え」

「遊びに行ったのかと聞いている」

「行ってなんかいませんよ。お金ないですし」

「そんなもの男が出すに決まっている」

「そうなのですか？　友達と遊ぶだけなのに？」

「彼奴がお前との友人関係など求めている筈がなかろう。男が女を誘う時は、必ず何かしらの下心があるものだ」

「し、下心⁉」

またしてもブライル様は、とんでもないことを言い放った。

「お、おかしなことを言うのはやめてください」

「何がおかしいのだ。お前はあの男に手を握られていたではないか」

「だったら……！」

だったら、ブライル様がわたしの手を握っている理由は何なのですか。

そう問い質そうと思ったのに、一音の声にもならなかった。しては駄目だと思った。

再び黙り込んでしまったわたしは、ブライル様に手を握られたまま、迎えが来る場所まで歩みを進めた。しかしフェリ様とクリス先輩の姿が見えると、慌ててその手を振り払った。ブライル様がどんな顔をしていたか見もせずに。

「リリアナちゃん！　良かった、心配していたのよ」

「すみません、わたしが目を離したばっかりに」

「ううん、私の方こそごめんなさいね。考え事しながら離れちゃったから」

「でもクリス先輩とご一緒で良かったです」

「ふふ、私がウロウロしているところを見つけてくれたのよ」

「フェリクス様をあんな場所で一人にはできません」

皆が合流したので、次はヒメルの町の大通りに出ることとなった。良いワインを手に入れるには、こういった上流階級御用達のお店でなければならないらしい。

残念ながらワインはまったくわからないので、ここはブライル様とフェリ様にお任せだ。なのでクリス先輩とわたしは、待つ間にその辺をぶらぶらすることにした。

前は少し嫌な思いをした大通りだけれど、今回はクリス先輩がいるので安心だ。貴族とそのお付きくらいには見えるだろう。

それにブライル様から離れることができたので、正直ホッとした。

高級店ばかりでどこに行けば良いのかわからないので、とりあえず本屋さんに入って時間を潰《つぶ》すことにする。

本屋といってもソルの町の古本屋みたいな古くて埃《ほこり》っぽい感じではない。新しい本や専門書、豪華な装飾が施された本などが綺麗《きれい》な店内の壁一面に並べられていて、ここにいるだけで博学になった気になる。

その中から料理や菓子のレシピが載っている本を選んで、パラパラと捲《めく》ってみた。さすが上流階級御用達の本だけあって、レシピもわたしの知らないものがたくさん載っている。

そう簡単に買える値段じゃないから、できるだけ覚えて帰ろう。そう思うのに全然頭に入って来ない。ぼんやりとただ捲るだけだ。そんなわたしを見て、クリス先輩が声を掛けてきた。

「リリアナ・フローエ。お前、何かあったのか？」

「何かって何ですか？」

「そんなの僕にわかるわけないだろう。でも戻ってきてからのお前はどこか変だ」

「……そう言われましても、いつも通りですよ」

言えるわけがない。

アヒムさんに会ってから、ブライル様の様子がおかしいだなんて。そしてそこからブライル様のことを考えるのが怖くなっただなんて。

「ふぅん」

クリス先輩は納得していない様子ながらも、何かを察したのか、呆気《あっけ》なく引き下がってくれた。

そしてある程度時間を潰し、外で待っていると、何故かフェリ様だけが戻ってきた。

「フェリクス様、先生はどちらに？」

「少し寄る所があるんですって。先に行って待ってましょう」

先程合流した地点まで引き返し、買ってきたワインについて話を聞く。

しばらく待つとブライル様が戻り、迎えの馬車も来た。それに乗り込み、いつものようにたわいない話をする。だけど時折投げかけられるブライル様からの視線を、わたしはただひたすら気付かないふりをした。

そして帰宅するやいなや、わたしは厨房《ちゅうぼう》に駆け込んだ。早く調理にかからなければならないし、ブライル様の姿が目の端にでも入ると、余計なことを考えてしまうからだ。

とにかくごはんを作ろう。そうして手を動かしている間は、そのことだけに集中できる。


最初はデザートから。

まずはバニラを効かせたカスタードクリームを作る。それを氷水で冷やしている間に果物をカットする。あらかじめ作っておいたタルト台とクレームダマンドを焼いたものに、カスタードクリームを絞り、果物を満遍なく乗せていく。最後にグラサージュを塗って完成だ。艶々《つやつや》としていて、とても美しい。

次にスープだ。

サフランを水に浸してしばらく置き、戻しておいた干し牡蠣《がき》の戻し汁と白ワインを合わせ、半量程度になるまで煮詰める。その間に玉ねぎや人参など数種類の野菜を刻み、オリーブ油と大蒜《にんにく》を炒《いた》めた中に入れて一緒に炒める。火が通ったらブイヨンと煮詰めた戻し汁、サフランを入れて少し煮込む。仕上げは戻した干し牡蠣を入れ、生クリームとバター、塩《しお》胡椒《こしょう》で味を調えればでき上がりだ。

スープを煮込んでいる間に副菜を作る。

薄切りにした玉ねぎとベーコンをしっかりと炒め、小麦粉をまぶしてもう少し炒める。それをボウルに移し、ボウルの下に氷水を当てて冷ます。冷めたら卵黄と生クリームに塩胡椒、ナツメグを入れて味付けする。それを長方形に成形したパイ生地の上に乗せて、上にタイムを振りかけ、オーブンで焼く。

最後にメインのステーキだ。

慰労会ということで、特に良いお肉を買ってきた。それを焼く直前に塩胡椒し、充分に熱したフライパンで焼く。両面がちょうど良い具合に焼き上がったら取り出し、そのフライパンでソースを作る。

赤ワインとバルサミコ酢、ブイヨン、バターに砂糖と塩を入れて、強火で煮詰める。これをステーキの上にたっぷりとかければ完成だ。

「終わっちゃった……」

もうこうなれば仕方ない、切り替えよう。クリス先輩はわたしの様子がおかしいことに気付いていた。もしかすると、言わないだけでフェリ様も気付いているかもしれない。

そんなお二人に心配をかけるわけにいかない。それに変な態度を取るのは、ブライル様に失礼だ。

いつも通りにすれば良い。そうすればきっと大丈夫。

できた料理を食堂に運ぶと、すでに全員が揃《そろ》っていた。急がなければ。フェリ様が並べるのを手伝ってくれるというので、お言葉に甘えることにする。

牛肉のステーキ、干し牡蠣のサフランスープに玉ねぎとベーコンのパイ。他にもアスパラのグリルに生野菜のサラダとチーズ。

それらをテーブルに並べていく。

「うーん、今日は一段と美味しそうね」

「リリアナ・フローエ、早く食べよう！」

「落ち着いてください。まずは乾杯ですよ」

ブライル様とフェリ様に買って来たワインを用意。ちなみにクリス先輩とわたしは水だ。冷やせば、これだって充分美味しい。

食前の祈りを済ませ、ブライル様が口を開いた。

「今日は二号の提案で、このような晩餐《ばんさん》が開かれることとなった。しかしそれはここにいる全員が力を尽くしたからである」

そう言われ、全員が誇らしそうに頷《うなず》く。

「クリス。長期採取で疲れているにもかかわらず、そして急な依頼に文句も言わず、魔法薬作りに没頭してくれた。お前が作成した数から、相当無理をしたのだと推測できる。その努力と根性には本当に感謝している」

「せ、せんせぇ……」

突然そんな言葉をかけられ、クリス先輩は早くも泣きそうだ。

「フェリクス。お前は私がいない間、代わりにこの研究所をまとめてくれた。だからクリスも落ち着いて作業できたのであろう。それに来ていた依頼は騎士団のものだけではなかったのに、それもきっちりこなしてくれた。感謝している」

「やだ、そんなこと当たり前じゃない」

フェリ様は、そのお綺麗な顔をほんのりと染めて照れている。

最後にブライル様は、二号、と呼び、そしてわたしの目をしっかりと見つめた。一瞬怯《ひる》みそうになったけど、何とか堪える。

「今回は初めてのことばかりで苦労しただろう。採取にしても、戦う術を持たないお前を、魔物の巣窟《そうくつ》に連れ出したことは悪いと思っている。それでもお前はやり遂げた。帰ってからも、魔法薬作りの手伝いだけでなく、普段の業務も変わらずこなすのだから、これは私だけでなく、三人全員が感謝している」

この言葉にフェリ様が優しい笑みで頷き、クリス先輩は、まあ頑張ったんじゃないか、とぶっきらぼうに呟《つぶや》いた。

あ、ヤバい。クリス先輩じゃないけど、目頭が熱くなってくる。

「わ、わたしこそ皆様の力になれたか不安でした。なので、ありがとうございます」

こうして感謝されたり褒めてもらうことなど、大人になるとそうそうない。だからこんなにも嬉《うれ》しいのだろう。

そして全員がグラスを高々と掲げる。

「依頼達成と皆の尽力に、乾杯」

「「「乾杯！」」」

そこからはいつもと同じ雰囲気で、慰労会という名の夕食は進んでいった。

ブライル様とフェリ様はワインと一緒に楽しみながら、クリス先輩はきちんとマナーを守りつつも素晴らしい速さで料理を平らげていく。

そして皆から料理への賛辞を貰《もら》い、楽しくお喋《しゃべ》りを交わした。今回の依頼の一連を笑い話に変えたりして、本当にいつもと変わらない楽しい晩餐である。

食後のデザートに、果物をちりばめたタルトを出すと、案の定ブライル様の眉《まゆ》は激しく動き、クリス先輩の見えない尻尾《しっぽ》が振り回された。しかしそれを素直に好きとは言えないところに、思春期の少年ゆえの葛藤《かっとう》があるのだろう。

爽《さわ》やかな甘さのタルトに舌鼓を打ち、食後のお茶を飲み終わる頃には、かなりの満腹になっていた。

そして少々酔っ払った様子のフェリ様とたらふく食べたクリス先輩は、ご機嫌なまま帰宅していった。

残ったブライル様は研究室に向かうようである。今日は休日だというのに仕事熱心な方だ。そんなところは純粋にすごいと思う。

「二号、後で研究室に来るように」

ただし、こんな指示をして来なければ。

手早く片付けを終わらせると、毎夜勉強を始める時間と同じ頃合いだった。

嫌だな、と思う。行きたくないとも。

だけど態々《わざわざ》呼び付けるくらいなのだから、何か用事があるのだろう。

逃げ出したい気持ちのまま軽く扉を叩《たた》くと、奥から、入れ、と聞こえてきた。そこでやっと腹をくくる。

「……失礼します」

中に入ると、机に向かう背中が見えた。どうやら書類を纏《まと》めているようだ。

魔法薬の依頼が来ると、薬を調合すれば良いだけではなく、いろいろな書類も提出しなければならないらしい。

ペンを置いたブライル様が振り返り、わたしと視線を合わせると、どきりと心臓が鳴った。

「き、今日は勉強しませんよ。せっかくの休日なのですから」

「そうではない。とりあえず座れ」

それをどうにか誤魔化そうと、茶化すように言ったのに、真面目に否定された。

しょうがないので、言われた通り目の前の椅子に腰掛けた。ああ、落ち着かない。

「さて何から話そうか」

そうブライル様は仰った。話す事柄が定まってないなんて、彼にしては珍しい。

「そうだな。今回、お前には一番世話になった」

「いいえ。先ほども言いましたが、わたしは皆様のお手伝いをさせてもらっただけです」

「それでも私たちにとって、特に私にとってお前の存在は大変役に立った」

「野営の際の食事面でですね。でもそれはどちらにも利があるからと……」

「魔石という理由は後付けだ。それがなくとも、最初からお前を連れて行く気だった」

「ええ⁉　そうだったのですか？」

初耳だ。いや、ブライル様も初めて口にしたのだろう。それだけ食事に対して、深い思いがあるのだ。

「危険且つ慣れない場所での作業を押し付け、本当に申し訳ないことをした。しかしお前の能力や人となりがわかったので、私としては良かったと思っている」

「わたしの、ですか？」

「ああ。一見お前は常識的に見えて、予想できない行動をとる」

「そんなことはありませんよ。わたしは普通に常識のある人間です」

「それに自分への危険を顧みずに無茶をする傾向にある」

「あ、本人の見解は無視する方向なんですね？」

それ以外にも、次々とわたしの評価を下してくれる。

以前より魔力の量が増えていることや、魔法の応用について、野外でもどうにかお菓子を作ろうとする姿勢等々。

雇い主として、研究所の責任者として、いろいろと見ておかなければならないことがあるのだろう。

「それに」

一瞬逸らした視線を、再びわたしに戻す。そしてわたしが旅の最後に打ち明けたことに触れた。

「辛い過去を思い出し、それを言葉にする勇気がある」

「……それは、違いますよ」

「どう違うのだ。普通ならそういうことは隠しておきたいものなのではないか」

「普通の苛《いじ》めならそうかもしれません。だけどわたしは魔憑きです。平民の間で魔憑きがどう扱われているのか、ブライル様に、というかお貴族様に知って貰いたかっただけです」

「では何故、悪感情を持つ奴等の話だけに留めなかった。お前たち家族に良くしてくれた人間の話まで聞かせたのだ」

「それは……」

「私には到底理解できないが、それだけの仕打ちをされて尚、お前はすべての村人たちを心の底から憎んではいないのではないか？」

ブライル様の言葉に、思わず動揺してしまう。すると過去の記憶が、幸せだった記憶が次々に蘇《よみがえ》ってくる。

「だって……、だって皆優しかったのです！　わたしが魔憑きだと発覚するまで、本当に良くしてくれていたのです。だから嫌いになんてなりたくなかった……」

村の人たちも、最初から冷たい態度を取っていたわけではなかった。彼らは魔憑きという得体の知れないものを、只々《ただただ》恐れていただけだ。

辺境の地で大した情報も入って来ず、聞こえてくるのは魔憑きが魔物に近い存在であるという噂だけ。ならばその噂が、いつか魔憑きは魔物に変わる、というものに変化していっても別段おかしくはないと思う。

そしてそれが自分や大切な家族に危害を加える可能性があるなら、誰だって排除しようとするのは、ごく自然な行為である。

「わたしがいつか何かを憎むのだとすれば、それは噂を放置している国であり、魔憑きに良くない感情を持っている貴族です」

他の魔憑きのことは知らない。だけどわたしは何もしていない。ただ少し魔力を持っているだけだ。

そう言い放ったわたしを見つめ、そうか、とブライル様は呟いた。

自分でも、貴族のブライル様に何ということを言ってしまったのかと思う。だけどブライル様は、わたしにどうにか本心を言わせようとしているのではないか、そう感じたのだ。だからわざとわたしの過去に触れたのではないだろうか。

ブライル様たちが魔憑きに対してどう思っているのかはわからない。

だけどわたしを側に置いてくださっているという事実で、そう悪い感情は持っていないのだと願いたい。

「いくつか聞かせてほしい。お前の父親は村の出身だと言ったな。村から一度も出たことはないと」

「え？　ええ、そう言いました」

「では、母親はどうだ。お前の母親は同じ村の出身なのか？」

突然母親のことにまで触れられて驚いてしまう。

「何故今、母のことが関係あるのですか」

そう問えば、ブライル様は目を瞑《つぶ》り小さく息を吐いた。それが何か覚悟を決めたようなものに思えて、慄《おのの》いてしまう。

そして再び開かれた菫色《すみれいろ》が、わたしを捕らえた。

「お前を雇う時に言ったであろう。できる限り守る、と。あれはお前を私のもとに置く為の契約のようなものだった」

確かにそうだ。あの言葉があったから、わたしはブライル様のもとで働くことを決意した。

目の前にあるブライル様の大きな手が、そっと持ち上げられる。

「だが今は違う。私は自分の意志で、お前を守りたいと思っている。いや、守ると決めたのだ」

「ブライル、さま？」

「何故こう思うのか、私自身わからない。しかしお前が憂いていること、それを私も共有したい。そう思っては駄目か？」

そしてそれは、わたしの手を掴《つか》んだ。

「⁉」

昼間の感覚が、喚び起こされる。心が熱くなり苦しくなる、訳のわからないあの感覚。

「幸い私は魔法局に在籍している。魔憑きのことも、何かわかるかもしれない。だから正直に話してほしい。どんなに些細《ささい》なことや見当外れに思えることが、解明のきっかけになるか知れない。もう一度問おう。お前の母親は、その村の出身だったのか？」

ブライル様が、何故こんなことを仰るのかがわからない。そして自分がどうしたら良いのかもわからない。

ただ問われたことを素直に答えるしかできない。

「母は、母は……違います。あの村とは別の所から来たそうです」

「ではお前は、母親の出身を知っているか？」

「い、いいえ。知りません。尋ねたことはあるのですが、遠い場所としか……」

そうか、と一言呟いて、ブライル様は何かを思案するように黙り込んだ。

どうにも嫌な予感がする。

「……もしかしてブライル様は、母が、わたしの母が魔憑きに関係あるとお考えですか？」

「そうではない、可能性の一つだ。母親の出身地がわかることで、何かの可能性が出てくることもあり、潰《つぶ》れることもある」

安心させるように、そう言ってはくれたが、わたしの不安がすべて消えることはなかった。

「魔憑き研究がどこまで進んでいるのかはわからない。魔憑きが遺伝するものなのか、そもそもどういう原理で生まれてくるのか、それを解明したという発表は未だなされてないのだ。だが可能性を一つずつ潰していくことが、結論に辿《たど》り着《つ》く近道だと私は考えている」

「い、遺伝って……母も魔憑きの可能性があるということですか⁉」

「可能性はゼロではない。父親かもしれないし、隔世遺伝かもしれない。まったく別の理由だって、大いにあり得る」

だけど母が魔憑きの筈《はず》がない。魔法を使ったところなんて、一度だって見たことがないのだから。それが使えるなら、体の弱い母は家事に魔法を活用していても良い筈だ。母や幼いわたしにとって、水汲《みずく》みはとても重労働だったけれど、わたしが魔憑きだと発覚するまで、魔法でどうにかしたことなどなかった。

「それに、なにもお前の事例だけで結論が出るわけではない。魔法局が今まで調べてきた情報と照らし合わせて、より良い方法でお前を守るのだ。それが今後、すべての魔憑きを守ることに繋《つな》がるかもしれぬ」

「ほ、本当ですか?」

ただ魔憑きに生まれてしまっただけの人間が、これ以上苦しまなくて済むのですか?

「だからこれからは私がお前を守れるよう、お前も私に協力してくれるか?」

本当にそんな未来が来るのなら。そう思って、何度も何度も頷《うなず》いた。

「すまない、嫌な思いをさせたな」

「……いいえ。わたしの為を思って言ってくれたことですから」

「しかし……、ああそうだ。詫《わ》びにはならないが、これを」

そう言って、ブライル様は細長い木箱をわたしに差し出した。全体に繊細な模様が彫られた、とても綺麗《きれい》な木箱だ。

「何ですか、これ」

「開けてみろ」

内側にはビロードが張られ、小物入れとして作られた物だろうとわかる。

そして中には、

「ブライル様、一体これは……」

真っ白な美しいレースのリボンが入っていた。

「前に教えてくれただろう、母親に髪を結ってもらっていたと」

「え、ええ。話はしましたけど……」

「その大事な思い出を、あの様な形でなくしてしまっては勿体《もったい》無いと思ったのだ」

「お、覚えていたのですか？　あんなたわいもない話を」

そして気にかけてくれていたのだ、いじめっ子に汚され奪われ、最後には無くなってしまった思い出の品を。

「ブライル様はズルいです」

「何故」

「いつも無表情で素っ気なかったり、突然不機嫌になったりするくせに、こんなことしてきて
……」

「嫌だったのか？」

「こ、こんなの、嬉《うれ》しいに決まっているじゃないですか……」

誰が予想しただろうか。

貴族が平民の、しかも魔憑《まっ》きのことを気遣ってくれるだなんて。

悲しみを共有したいと言ってくれた。わたしを守りたいとも言ってくれた。

わたしはなんて幸せなのだろう。

ブライル様にとっては些細なことかもしれない。

だけどその一つ一つが少しずつ、わたしの心に重なって、経験したことのない感情を紡いでいく。

そして大きな何かを生み出そうとしているのを、わたしは必死に押さえつけるのだ。

「貸してみろ」

「え？」

「母親には及ばぬだろうが、代わりに結ってやろう」

申し訳ないと遠慮するわたしの手の中から、ブライル様はするりとリボンを抜き取り、そっと髪に触れた。そして手櫛《てぐし》で整えてくれる度に、その指が恥ずかしさで熱くなった首筋に当たる。

「ブ、ブライル様、もう……っ」

「お前の髪は、柔らかいな」

というか、距離が近いっ。

ブライル様の指が、耳や首筋を撫《な》でるように触れるから、手を握られるのよりずっとドキドキする。結い終わる頃には、もう心臓が壊れる寸前だった。

「ど、どうです？　似合っていますか？」

「ああ、良いのではないか」

「こんなに素敵な物を、ありがとうございます」

「いや、お前が喜んだのならそれで良い」

耳元で揺れるリボンを眺めるブライル様は、至極ご満悦な様子だ。いつもより何倍も優しい瞳《ひとみ》で、わたしを見てくる。

えっと、えっと。何か言わなくては。

でもたまらなく恥ずかしくて、目を合わせられない。だから目の前にある服の裾《すそ》を掴んだ。

「……二号？」

「わ、わたしは自分が魔憑きだと知ってから、どこにも居場所がありませんでした」

村はもちろん、家族と一緒にいても、辛い思いをさせている罪悪感が拭《ぬぐ》えなかった。

「ベルムに来てからも、いつまでここにいれるのか、毎日毎日不安で……、魔憑きということを隠しているだけなのに、皆を騙《だま》しているような気持ちにもなりました」

娘のように可愛がってくれた星屑亭《ほしくず》のおじさんとおばさんに対しても、本当のことを言えない心苦しさがあった。

「そんなわたしに、ブライル様は居場所をくださったのです」

優しくて温かいフェリ様と頑張り屋のクリス先輩。そして無表情だけど誰よりもわたしのことを考えてくれるブライル様。

ここには誰も魔憑きだと責める人はいない。むしろ遠慮なく魔法を使える場を与えてくれた。

そしてその皆が、わたしの作った料理を、おいしいと言ってくれた。

わたしに、ここにいて良いと思わせてくれた。

「魔法薬研究所に来れて、本当に良かった」

心の底から、そう思う。

だから願うのだ。

「ブライル様、わたし魔憑きのこと……自分のことを全部知りたいです。そして魔憑きは悪いものじゃないって、ちゃんと証明したい……」

そう本当の気持ちを訴えれば、ブライル様の服の裾を掴んでいた手に大きな手がそっと重ねられた。まるでわたしの気持ちに寄り添うように。

それだけで心が強くなれる気がした。そして、たとえこの何気ない日常をいとも簡単に壊すものが、じわりじわりと近付いてきていたとしても、この幸せが続く限り守りたいと思った。

あとがき

初めまして。逢坂《おうさか》なつめと申します。

この度は「魔法薬師が二番弟子を愛でる理由～専属お食事係に任命されました～」をお手に取っていただきましてありがとうございます。

本作は『魔憑《まつ》き』として生きる女の子が、様々な騒動に巻き込まれたり巻き込んだりしながら、癖のある貴族たちの下で日々奮闘する物語で、「小説家になろう」というサイトに投稿している作品です。

そこに料理の要素を入れたのは、ただただ私が食べることが大好きだからという理由にすぎません。そしてその要素に自ら悩むことになるとは、書き始めた頃には思いもよりませんでした。

どういう風に書けば、美味しそうに描写出来るのか。読者の方々にそう感じてもらえるのか。おそらくこの悩みは最後まで潰えることはないでしょうが、今後も楽しみながら書いていきたいと思います。

そして今回、書籍化という私にとって夢のような出来事が現実に変わるきっかけをくださったカドカワBOOKSのW様には、本当にお世話になりました。出版に関し、すべてが初めてで無知な私に沢山のことを教えていただき、どんなに感謝の言葉を並べても足りないくらいです。

イラストを担当してくださいましたひだかなみ様にも御礼申し上げます。

初めて拝見したキャラデザに年甲斐《としがい》もなく歓喜したことを、今でもはっきりと覚えています。自分の生み出したキャラクターたちが、ひだか様の素晴らしいイラストによって形作られるのを、純粋なファンのような気持ちで待っていました。そしてその出来上がりの可愛らしさと素敵さに、毎回ニヨニヨさせていただきました。気持ち悪くてすみません。

最後に、本作を読んでくださった皆様。ウェブの方にも目を通してくださっている皆様。本当にありがとうございました。

これからも沢山の方々に読んでいただけるよう、そしていつか飯テロと思っていただけるように精一杯がんばります。

お便りはこちらまで

〒102－8078
カドカワBOOKS編集部　気付
逢坂なつめ（様）宛
ひだかなみ（様）宛

カドカワBOOKS

魔法薬師《まほうくすし》が二番弟子《にばんでし》を愛《め》でる理由《りゆう》
~専属《せんぞく》お食事係《しょくじがかり》に任命《にんめい》されました~

2017年12月10日　初版発行

著者／逢坂《おうさか》なつめ

発行者／三坂泰二

発行／株式会社KADOKAWA

〒102-8177
東京都千代田区富士見2-13-3
電話／0570-002-301（ナビダイヤル）

編集／カドカワBOOKS編集部

印刷所／大日本印刷

製本所／大日本印刷

Printed in Japan
ISBN 978-4-04-072499-7 C0093

新文芸宣言

　かつて「知」と「美」は特権階級の所有物でした。

　15世紀、グーテンベルクが発明した活版印刷技術は、特権階級から「知」と「美」を解放し、ルネサンスや宗教改革を導きました。市民革命や産業革命も、大衆に「知」と「美」が広まらなければ起こりえませんでした。人間は、本を読むことにより、自由と平等を獲得していったのです。

　21世紀、インターネット技術により、第二の「知」と「美」の解放が起こりました。一部の選ばれた才能を持つ者だけが文章や絵、映像を発表できる時代は終わり、誰もがネット上で自己表現を出来る時代がやってきました。

　UGC（ユーザージェネレイテッドコンテンツ）の波は、今世界を席巻しています。UGCから生まれた小説は、一般大衆からの批評を取り込みながら内容を充実させて行きます。受け手と送り手の情報の交換によって、UGCは量的な評価を獲得し、爆発的にその数を増やしているのです。

　こうしたUGCから生まれた小説群を、私たちは「新文芸」と名付けました。

　新文芸は、インターネットによる新しい「知」と「美」の形です。

2015年10月10日

井上伸一郎

カドカワBOOKS

ヤングエースUPにて
コミカライズ
決定!!

美味しいは正義です！
転生前の知識を活かし幸せな食生活を追求していたアマーリエ。そのため悪人に目をつけられてしまい、辺境のダンジョン村に避難することに！だがその道中でも、護衛達や村人も巻き込み、美味しいものを堪能して！?

カドカワBOOKS
その結果、便利グッズを開発したり、
新食材で美味な名物を作って
村興しをしちゃったり、
魔物をゴハンでテイムしちゃったり、
領内の流通改革に魔力溜まりの
真相解明まで——!?
自重しない主人公、
前世の知識と今生のスキルで
やらかしまくります!!
ダンジョン村のパン屋さん
～ダンジョン村道行き編～
丁謡
ill. mepo

トラブル・相談ごとは聖女におまかせ!
カドカワBOOKS

20代OLの
異世界
スローライフ！
「小説家になろう」
年間恋愛異世界
転生/転移ランキング
1位
(2017/1/6調べ)
※「小説家になろう」は株式会社ヒナプロジェクトの登録商標です
Comic Walkerにて
コミック連載中!!
聖女の魔力は万能です
著 橘由華 ill. 珠梨やすゆき
２０代半ばのＯＬ、セイは異世界に召喚され……「こんなん聖女じゃない」と放置プレイされた！？
仕方なく研究所で働き始めたものの、常識外れの魔力で無双するセイにどんどん“お願い事”が舞い込んできて……？
シリーズ好評発売中!!!